EL LEÓN DEL REY

ESCRITO POR:

JUAN ALBERTO MATEHUALA CORTES

Copyright ©
2022

Reservados todos los derechos. Ninguna parte de esta publicacion puede ser reproducida, distribuida o transmitida por ninguna forma o medio, incluyendo: fotocopiado, grabación o cualquier otro método electrónico o mecánico, sin la autorización previa por escrito del autor o editor, excepto en el caso de breves reseñas utilizadas en criticas literarias y ciertos usos no comerciales dispuestos por la Ley de Derechos de Autor.

publicado por:

Diseño de caratula: Juan Alberto Matehuala Cortés
Diagramacion: Juan Alberto MatehualaCortés
Corrección de estilo: Juan Alberto Matehuala Cortés

ISBN:

Imprimido:

TABLA DE CONTENIDO

INTRODUCCION 1

DEDICATORIA 3

CAPITULO 1: LA MONTAÑA DE LAS FIERAS   4

CAPITULO 2: LA REINA ELICA 58

CAPITULO 3: REY ALAUHE 84

CAPITULO 4: SAMEL, EL VIEJO SIRVIENTE   92

CAPITULO 5: REY ALAUHE, LA IRA 103

CAPITULO 6: REY AMINURA 111

INTRODUCCIÓN

La historia de un pequeño niño que sobrevive la montaña de las fieras a sus ocho años, gracias a la ayuda de su hermano felino.

una aventura con drama, acción, amor, ficción y más.

El León Del Rey

ESCRITO POR:

JUAN ALBERTO MATEHUALA CORTÉS

ESTE LIBRO LO ESCRIBÍ ELABORANDO A UNA REINA, UNA MUJER JOVEN, BELLA, FUERTE, TRABAJADORA, EJEMPLAR Y QUE MEJOR QUE MI AYUDA IDÓNEA, LA MADRE DE MIS HIJOS E HIJAS Y LA COMPAÑERA PERFECTA.

ASÍ QUE DEDICO ESTE LIBRO A MI ESPOSA MATILDE, POR SU CONSTANTE SOPORTE, MOTIVACIÓN, ALEGRÍA, AMOR, FÉ E INSPIRACIÓN.

GRACIAS POR CAMBIAR MI VIDA.

TE AMO

CAPÍTULO 1.

LA MONTAÑA DE LAS FIERAS

En un invierno del año 630 A.D. en la temprana Edad Media, a principios del siglo V, la ciudad de Babilonia, debía de ser la mayor del mundo, sus muros estaban decorados con leones en ladrillos esmaltados, al parecer el rey mandó cubrir de tierra ciertas construcciones, tras lo que se plantaron arbustos y flores; eran los famosos Jardines Colgantes de Babilonia.

Un carruaje real, hecho de Alamo Negro grueso, con ventanas decoradas con cortinas de seda rojas, motivos de laureles tallada en la bella madera negra muestran las incrustaciones de rubís y zafiros, acentuadas con pintura de oro y listones rojos, pasamanos por dentro y fuera del carruaje con llamativas esmeraldas, así mismo los 10 caballos blancos que jalaban el carruaje, llevaban mantas de seda roja, listones rojos e hilos de oro entretejido en la larga cabellera y en el cabello de la cola, con un pectoral dorado y bordado con símbolos de la realeza, hecho por las mejores artesanas del Reino de Acur.

Los caballos jalaban la carrosa real a través de una espesa nieve seca por un camino empedrado.

En su interior, un joven de 8 años, asustado por la velocidad y el tambaleo de la carroza, le preguntaba a su padre: **"estamos cerca del castillo?"**, el Rey Alauhe responde al pequeño niño, **"No hijo, aun nos falta mucho, vamos a pasar por la Gran Montaña de las Fieras"**. Esa era una montaña muy conocida por varios reinos, debido a que ahí, habían fallecido valientes que quisierón conquistarla por su fama de bellos tesoros naturales, pero las bestias de la montaña se los impedía, sólo los fuertes vientos llevaban sus voces de dolor a las cuatro direcciones.

El rey pudo haber tomado el camino largo, el de rodear la Gran Montaña, sin embargo, de su reino recibió la visita de un águila mensajera, llevando la noticia de su reina asustada por la perdida de su hijo y de su reino siendo atacado por fuerzas del rey Aminura.

Con decisión firme, se armó de valor y comandó a sus cocheros ir a través de caminos de nieve en la Montaña de las Fieras, para después dirigir a su ejercito a una batalla más, ahora en contra de ese rey opresor.

A mitad de la montaña, una de las cuatro llantas del carruaje real se rompió, los caballos se desbocaron, dando varias vueltas al igual que el carruaje, el joven principe salió disparado por una de las ventanas del carruaje, el rey y los cocheros terminaron callendo en un profundo precipicio con el carruaje tirado por los bellos ejemplares, en el borde de la montaña sus cuerpos, en cámara lenta desaparecían en lo blanco
de la neblina a esa altura.

El mal clima cesó, apartando las nubes que causaban la niebla, los ruidos de varios lobos se empezaron a escuchar, poco a poco, el pequeño principe se fue recuperando, tallandose los ojos con su mano derecha para enfocar su vista, al levantar su rostro descubrió varias bocas llenas de dientes, los lobos con filósas dagas como dientes, gruñían vorácez al acercase lentamente al joven.

Con instinto sobrenatural, se levantó y tomó con la mano derecha una roca filósa y en la otra mano, un trozo de una rama larga y gruesa, con el fin de defenderse, más su miedo lo hacía dar pasos y movimientos torpes. Los lobos se avalanzaron para atacar al joven, este sacó fuerzas de entre sí, como pudo, alertado, arrojó la piedra dandole al primero en la cabeza, un segundo lobo, se acercó por un costado sigilosamente, alcanzandole a morder el atuendo grueso real, deshaciéndoselo a tirones por los jalones, le desgarró la parte superior del traje hasta la base de la manga derecha, retrocedió unos pasos atras para reincorporarse y analizar el hecho, con ambas manos golpeó al lobo con la rama gruesa en la cabeza y punzó el cuerpo varias veces, hasta hacerlo retroceder.

El tiempo que le tomó al lobo retroceder, lo usó el principe para alejarse corriendo del lugar, más escuchaba como ramas y hojas secas de Otoño se rompían por todos lados debido a sus desesperados perseguidores, añadiendo a esto sus propios pasos de urgencia por escapar, un declive le hizo pisar erroneamente el suelo, torciéndose el tobillo y callendo de costado, dando tumbos entre la maleza, árboles y la nieve, terminó golpeando su espalda, pecho, piernas, su cabeza alcanzó a golpear de manera dura y dolorosa una de las rocas de río, que le dió exactamente en la cien, haciéndole perder la conciencia.

Pequeños toques húmedos lo levantaron de su profundo sueño, al abrir sus ojos, un gatito anaranjado yacía a su lado acurrucado, con su rostro felino de frente a su cara, lo lamía constantemente, se veía muy jugueton con el niño dormido, pero al despertarse, el gato ágilmente se levantó, comenzando hacer un sónido más grave y agresivo, como si estuviera pidiéndo ayuda.

El joven principe se arrastró hacía atrás, tocando con una de sus manos una garra felina más grande, volteó, se levantó de un salto al ver atras de él la figura de una leona, su corazón palpitó al 1000 por hora sabiendo que su fin estaba cerca, la leona gruñó ferozmente como llamando a su cachorro y asustando al joven, el pequeño felino se acercó a ella con un meneo lento, de mucha seguridad. **"Su cachorro!"**, pensó el principe, **"No le he hecho nada, vayanse, por favor!"**, replicó el niño.

Terminando de decir estas palabras, esperando de que la leona le entendiera; de la nada salierón unos lobos que se avalanzaron sobre la leona, con garras extendidas y colmillos trituradores, la leona se puso alerta y se defendió, los lobos la atacaron primero sabiendo que era el animal más fuerte entre ellos, entre el principe, el cachorro y la leona.

La atacaron primero para después comerse al cachorro y al niño como postre.

El niño tomó al cachorro felino y salió de la escena corriendo apresuradamente, mientras la mamá leona los defendía de los lobos, el peqeño principe perdió la cuenta de cuantos lobos eran, salían por todas partes detras de ellos, mientras los gruñídos de la leona y de los lobos se hacían menos fuertes, todo era muy salvaje para el pequeño niño, escapaba a todo lo que daba para ponerse a salvo.

En su cercanía vió un río y se sumergió en el, a pesar de estar helado, prefirió el agua fría que los voraces colmillos de los lobos, la leona los defendió hasta verlos a salvo en el agua del río, intentó llegar al río, con cantidad de saltos por todas partes para acercarse a ellos, más fue rodeada por varios lobos; en un plano mortal, el líder del grupo, un gran Lobo Gris, hizo su aparición en la escena, detrás de los lobos y arbustos brincó sobre estos y velozmente clavo sus colmillos violentamente en el cuello de la leona para que después los demás lobos terminaran encima de ella, desgarrandola hasta que la luz de sus pupilas dejaran de brillar! como dijeran los escritores, desgarradora imagen de aceptar.

El principe flotaba en el agua del río con el cachorro bajo uno de sus brazos, se atemorizó de que ese destino, también pudo haberle tocado a ellos, terminaron río abajo a varias millas de distancia del lugar del ataque.

Sin saber donde estaba su hogar, el joven principe tuvo que arreglarselas para sobrevivir en la montaña haciéndose responsable del cachorro león, se la pasaba en busca del sustento diario, sustento de varios días que se convirtieron sin contar en largos años.

Lo más cercano que logró volver a ver a un ser humano como él, fue cuando jinetes, soldados o alguno que otro valiente cruzaba las montañas como alguna vez lo hizo él y su padre, al fin de cuentas siempre le tocaba ver los sangrientos finales.

En una ocasión a la distancia cuando caminaba por esa parte de la montaña en busca de un ciervo para cazar y comer, le tocó observar como también la tripulación de un carruaje de algún lugar fue atacado por las fauces de los lobos, no le dió tiempo de llegar a ellos para avisarles de los lobos, o para pedirles ser rescatado, sólo le quedó la opción de ver el final.

En otra ocasión, vió como 5 soldados escoltaban una carreta con varios barriles de posible licor y cofres, probablemente llenos de armas, tal vez tesoros, o cualquier otro tipo de mercancía, pero ese carruaje jamás vió su destino final,

ya que la manada de lobos comandada por el malvado Lobo Gris los embistió salvajemente para darse un festín con la carne de la tripulación, una vez más, vió uncarroza real a media falda de la gran montaña de las bestias, sin duda iba a ser atacada, ya sabía que no lograría advertirles del peligro o incluso ayudarles a combatir, por lo cual esa noche acostado en un varaje claro de la montaña, al ver las estrellas, se quedó pensativo, que tal si esa gente había llegado ahí para buscarme?, o si había sido su padre o alguien enviado por él que me estuviese buscando?, no soportó la duda y se preparó a la mañana siguiente para averiguarlo, sin duda estaba decidido a encontrar respuestas a sus preguntas.

La luz de la mañana se persivía ya después de que la neblina desaparecía de las faldas de la montaña, los rayos de luz solar caían en las hojas húmedas de los árboles, dándoles sentido a sus vidas, algunas flores se abrían, algunos capullos de nuevas mariposas eran abandonados, ruidos de aves aleteando las coloridas plumas de sus alas, causando un baile de diferentes colores en la cresta de los árboles.

El joven principe se movía a través de la densa vegetación con cuidado, para no traer a los lobos hacia el, estos animales tienen sus sentidos muy desarrollados.

Al llegar al sendero, que era el paso de la carroza real, se intrigó por que ya había pasado un tiempo y la carroza no pasaba por ahí, se percató que no habían huellas recientes de herraduras de caballos o marcas

de llantas en el suelo, caminó metros rumbo al encuentro de la carroza, enfrente, una elevación de tierra donde serpenteaba el sendero, encontró que la carroza ya había sido atacada, habían pedazos de la carroza por todas partes, algunos caballos lograron escapar, pero otros quedaron atascados por los amarres que la carroza tenía, haciéndolos presas de las fauces de los lobos, sus entrañas yacían dispersas por el sendero, manchando las cuerdas y una cantidad considerada de insignias reales, insignias similares a las del carruaje real de su padre, mismos colores, mismos motivos, mismos detalles y decoraciones.

Pudo ver a un hombre, el cochero, mal herido, con las dos piernas rotas, el pecho y espalda perforada, parte de su traje desgarrado, con trozos de carne faltantes, el cochero le pidió ayuda, pero este sólo alcanzó a decir con sus ultimas palabras:"**Ayuda!, por favor, la reina está en el carruaje**"... falleciendo a la vista del muchacho.

El joven movió la puerta de la carroza, había sido atrancada por dentro para que no pudiesen los pasajeros ser atacados por los lobos, las ventanas fueron cubiertas con largas y gruesas cortinas, pero por las aperturas se veía su interior.

Vio a una mujer hérida, según su propia opinion, se apresuró a sacarle del carruaje,

el joven rompió el vidrio de la puerta a golpes, ingresó su mano quitándole el seguro a la
puertezuela, sacó a la mujer como pudo, la auxilió hasta hacerla volver en sí, cuando la mujer se incorporó, lo vió y le preguntó: **"Quién eres?, Qué ha pasado?"**.

Él no supo que decir: **"no recuerdo mi nombre. Ustedes acaban de ser atacados por una manada de lobos"**, respondió sólo esto.

La mujer le preguntó: **"eres de aquí?, de la montaña?"**, responde el joven: **"No, yo soy de otro lugar, pero mi padre y sus sirvientes con quienes viajaba cayeron con el carruaje por un barranco cerca de aquí, desde hace mucho que vivo sólo en las montañas"**, la joven mujer le preguntó una vez más -**"en realidad no sabes tu nombre?"** y él volvió a contestar: **"no me acuerdo"**.

La reina le relató: **"yo iba al reino de Acur en Mahí, mi esposo se encuentra ahí ahora"**, de repente el joven recordó algo: -**"Yo vivía en Mahí, pero no sé como llegar"**, la reina asombrada le aseguró: **"de Mahí?, entonces tú debes de ser el Principe Ir, al que su pueblo está buscando, tu eres el nuevo Rey
del trono de Acur"**.

Sin estar 100% seguro de lo que acababa de escuchar, le preguntó a la mujer dudosamente: **"Qué?, cómo que el nuevo** rey?, pero si mi padre es el Rey!" - ella entristecida le narró: "**Encontrarón el carruaje donde viajabas con tu padre, el carruaje y el cuerpo de tu padre estaban a las faldas de la montaña, no te hallaron a tí, a los sirvientes las fieras los devoraron, Ir, ya han pasado más de 10 años.**

El imperio fue atacado, pero se defendieron bien, sin embargo se quedaron sin rey y mi esposo, que es amigo real fue para hacer un trato con tu pueblo y la reina Elica, tu madre, para unir nuestros reinos, siguiendo los deseos de tu padre". "**Ahora recuerdo por que no encontré el carruaje, los cocheros y a mi padre, No!, mi papá, no!, no puede estar muerto!**"; sollozando el principe no contuvo su llanto, descargando su mar de emociones, la noticia le calló como un balde de agua fría, la idea que tenía de volver a ver a su padre, se había esfumado como nube en Primavera.

Pasado el momento de catarsis, su quebranto fue interrumpido por la reina; "**Vamonos, sé por donde ir, pero necesito de tu ayuda para llegar**", le dijo la reina al principe Ir, ella se quiso levantar pero al hacerlo se llevó sus manos a uno de sus tobillos.

El principe al notar esto, le ofreció ayuda para revisar su tobillo, la reina le permitió tocar y ambos concluyeron que era solo dolor por los golpes del choque en la carroza, "**no parece nada serio, solo me duele**", dijo la reina. Poco después, reponiendose de la grave noticia que le acababa de dar la reina, le confirmó soyosando: "**está bien, hacía dónde?**". "**Vamos hacía donde se oculta el sol, esa fue la ultima dirección que me dio mi cochero**", responde la reina.

El principe por un momento se queda pensativo contemplando sus alrededores y contesta: "**Estámos a días de camino para llegar a lo alto de la parte occidente de la gran montaña, he tomado ese camino más de una vez y sólo logré llegar a un campo de frutos que llamo: el área fructífera, es un área muy buena de comida y agua, más hay muchos animales salvajes**".

"**Está bien, vamos, cuando lleguemos sabremos que hacer**", dijo la reina. "**Cuál es su nombre?**", le preguntó Ir a la reina, "**Mi nombre es: Ista, y soy del Reino de Orl en Maleonard**", respondió ella. "**El camino que nos llevará alla es algo húmedo y sucio, de alto pastizal, muy inestable, si tiene ropa, sábanas, en el carruaje será muy buena idea traer algo con nosotros**", dijo el principe Ir.

Mientras ella sacaba de su baúl algunas prendas, movía con desesperacion las cortinas de la carroza, las arrinconó haciendo un bulto ancho y alto, el principe se dedicó a recoger una espada, escudo, navajas y protecciones de la escolta ya "fallecidos, con una expresión de burla, comentó: Y con esto me pienso defender, si a ustedes no les sirvió". La reina alcanzo a ver su despliegue de burla y se indignó por el comentario, también vió que no desaparecía de su rostro una mueca de desprecio, la reina lo corrigió: "Eso fue muy inapropiado comentar de tu parte, murieron como valientes defendiéndonos, sus familias serán recompensadas por su gran servicio y heroísmo".

"Oh!, lo siento, mi reina, sólo..., ...lo siento", contestó Ir. "Acaso dijo, defendiéndonos?", preguntó Ir desconcertado, puesto que solo había visto a la reina dentro de la carroza, el cochero y los soldados los encontró afuera de este. "Si, mis dos sirvientas murieron dentro del carruaje cuando volcaba, las cubrí con las cortinas de la carroza, hace un momento", respondió la reina.

Horas después, caminaron hacia la dirección que dijo la reina y rumbo que señaló Ir, atravesando la selva plana a la mitad de la montaña, lleno de plantas muy altas que no les permitía ver donde pisaban, sus pies se enredaban con el pasto alto, las raíces y el fango, algunas partes del traje real se atoraba en las ramas secas, rotas, puntiagudas con espinos de esos arbustos boscosos, cansada de cargar con el faldón de su vestido se vió obligada la reina a despojarse de las prendas mas pesadas de la cintura para abajo, su corcel o faja también para poder respirar mejor y sus zapatillas brillozas, de oro, piedras preciosas incrustadas, interior de piel y algodón, suelas de marfil. El principe se volteó para no ver a la reina mientras se desvestía, en realidad era pena lo que sentía, la reina lo notó sonrojado de inmediato por la pena.

Él había estado pocas veces en el área fangosa, por que sabía que era terreno de los lobos, el alto pasto se prestaba para ocultar sus delgados cuerpos, largas patas y hocicos, con el lodo; su color negruzco, se camuflaban, sabia bien que el pasto no les permitiría verlos si se presentaba una de sus ya famosas emboscadas, más el principe tenía un nuevo guardián, un ángel de la guarda, un as bajo la manga, por ahí, escondido entre los arbustos, por si aquello
llegaba a suceder.

Una lúz brillante destelló en el cielo, seguída de un estruendoso sónido, tan fuerte que hizo retumbar la tierra. **"Creo que hasta aquí llegaremos hoy, se apróxima una tormenta, con las fuertes lluvias, el nivel del río suele subir muy rápido"**, dijo el principe. **"Hay que seguir, aun podemos avanzar más, hay lúz de sobra"**, dijo la Reina.

"No, no tendrémos tiempo de estar a salvo, si la creciente del río nos alcanza", el

principe Ir replicó. **"Cuál río?"**, cuestiono la reina.

"Hemos estado caminando en el fango del río por horas, es mejor caminar por área abierta del fango, que los matorrales y el pastizal alto, así estarémos alertas si los lobos nos atacan, si lo hacen, podrémos verlos. La creciente del río es ruidosa como los truenos de esa tormenta, no podremos saber si es un rayo o la creciente del río la que hizo el ruido, la única forma de saber si es el río, es cuando las aves se levanten al rededor del campo, no sólo será por la lluvia, sino también, por que la creciente del río se acerca rápidamente hacia nosotros", resumió el Principe.

La reina **"No puedo creer que en todo este tiempo te hallas convertido en un buen observador del clima, pero está bien, vamos a donde tu quieras"**, finalizó la conversación la reina.

Los rayos y truenos ya se escuchaban con más frecuencia en lo alto de las colinas de las montañas más cercanas, ante sus miradas una gran parbada de aves multi-color se levantó de su alrededor como escapando de una presa que fuera a atacarlas a todas juntas, con cara de asombro, Ir giró su rostro hacía la reina y está hacía él, ambos con un estupor facial expresando su preocupación se confirmaron lo que estaba aconteciendo.

"**Vamos, no tenemos mucho tiempo**", grito el principe.

Queriendo cargar con todo lo que llevaba consigo, la reina se movía muy apresurada, agitada por el peso, no se percató que el principe Ir se había adelantado un buen tramo, el principe Ir, creyó que la reina se encontraba muy cerca de el, pero al voltear, se dio cuenta que aún estaba tratando de avanzar a su mismo paso con sus pertenencias sin poder lograrlo, regreso a donde ella y le quitó todo lo que llevaba a mano, por el ensordecedor ruido, le gritó: **"olvidalo, la creciente se acerca, si nos alcanza aquí, no sobreviviremos"**.

Los rayos como víboras de luz deslizándose en el cielo, iluminaban su color grisáceo, los truenos retumbaban en todo el lugar confundiéndose con el ruidoso golpeteo de la mezcla de agua, tierra y árboles pequeños que se acercaba a ellos a gran velocidad.

De los arbustos, salían una gran cantidad de animales por todos lados, de todo tipo, todos ellos con dirección exacta hacía arriba, a lo más alto que pudieran llegar, dirección también tomada por Ir y la reina Ista.

Ir ayudó a la reina Ista a subir un gran pino de ramas bastante gruesas y altas, áspero.

Los dos congelados completamente de pies a cabeza,

entumídos de estar en la misma posición por varias horas y con un vacío en sus estómagos, hambrientos descendieron cuidadosamente del pino, al nivel del agua del rio, con la creciente del río fluyendo a más de 2 metros de altura, nadaron a la orilla más próxima donde buscaron un refugio, una cueva, un lugar seco, seguro, para quedarse protegidos de la interpérie.

Ir encendió una fogata para calentarse, con sus años de práctica en el campo de supervivencia, no le fue dificil encender una fogata. Ir, escarbó un orificio en el suelo del tamaño de sus dos cuerpos, para mantenerse calientes al recostarse dentro de el, se cubrieron con lo seco que encontraron a su alrededor, que era escaso, algunas ramas y sácate alto, terminaron durmiendo juntos, espalda con espalda para calentarse aun más, el cansancio y dolor de sus cuerpos los invitó a tirarse al suelo, bajo sus cabezas pusieron una acumulación de tierra roja donde reposaron sus cabezas, el calor de la fogata no asemejaba la lúz que desprendía, más sin embargo, algo de calor era mejor que nada, era eso o nada.

Mantenerse cerca de la fogata les daba la sensación de que estaban cocinando algo para la cena, su hambre dejaría de ser un pesar si sólo dejaban descansar sus cuerpos y mentes, en menos de 2 minutos ambos cerrarían sus ojos quedándose profundamente dormidos, perdiéndose de las maravillas naturales que pasaban sobre sus como lija, talló la piel de uno de sus brazos y parte del angelical abdomen; la lluvia gélida lanzaba sus primeras piedras de hielo, despedazando el follaje, para cuando, la creciente del río los alcanzó, el granizo se había convertido el lluvia torrencial, sus cuerpos trataban de acoplarse a los cambios rápidos de temperaturas y emociones, de caliente por el esfuerzo de la caminata, por la carga de la ropa y las armas, comida y otros utensilios dispensables, a frio por la lluvia, la granizada y los aires gélidos que les recibía, el agua sucia de la corriente del riachuelo.

 La reina se aferró al árbol con gran fuerza a pesar de estar adolorida, por el ataque de los lobos en el carruaje y la granizada que le amoretonó sus brazos y piernas, con ella en el árbol se hallaba Ir abrazandola fuertemente al árbol para protegerla y mantenerla a salvo, colocando su cuerpo entre la lluvia y la reina y el escudo a su espalda para la protección de ambos.

Quedaron literalmente entre la lluvia, el río, las ramas del pino, el pino con varios cientos de años de antigüedad se mantuvo firme, fuerte, intacto ante el oleaje destructor del río.

Horas después y cansados, la creciente del río cesó de limpiar su camino donde estarían sus aguas, al igual que la lluvia paro de lanzar sus gotas gélidas dejando pasar los rayos del sol a traves de las nubes grisáceas. cabezas en la bella bóveda celeste, con la mínima lúz en el vasto trazo de esas gélidas montañas nocturnas, las constelaciones, las estrellas, los planetas, los satélites, estrellas fugaces trazaban e imprimían hermosos mapas galácticos, después de unas horas un despliegue de polvo cósmico como el de nuestra galaxia centellaba como peineta de cabello, sujetando el aire del cielo con la cabellera de los altos pinos.

La aurora boreal se hizo presente en lo temprano de la madrugada, creaba un contraste de luz verdoza y blanca con el reflejo de la luna, a la cual le siguió, el sónido chilloso metálico de la energía solar chocando con el campo magnético de la tierra, esto ocasionó también los aullidos de lobos, en especial el del Lobo Gris.

A la mañana siguiente la reina respiró un aróma exquisíto de un pez a las brazas, su hambre era enorme que en realidad se lo saboreo servido con verduras, ensaladas verdes y un sin fin de coloridos platillos, bebidas dulces, en su intento de comer, estiró sus brazos para alcanzar el delicioso manjar puesto enfrente de ella, pero sus manos pasarón a través del platillo resultando ser sólo un espejismo muy real.

Al abrir sus ojos ya descansados,

agachó la cabeza y se tapó con una mano los ojos, se sentía algo tonta por creerse su propio engaño mental, algo sonrojada pensando que Ir la había notado, levantó su rostro, entonces dio cuenta de lo que se hallaba a un costado de Ir, se levantó con delicadeza y sigilósamente, talló sus ojos para enfocar mejor las dos siluetas al marco de la pequeña cueva, la silueta del joven
Ir y la silueta de una figura sin forma humana. Ir se encontraba recostado sobre el pelaje de un león, repito un enorme león, el asombro de la reina fue mayor cuando él se dió cuenta, con señas y movimientos de su cabeza la llamó para desayunar con ellos.

Ir finalmente habló, **"Reina Ista, bienvenida de vuelta, acompañénos a desayunar"**.

La Reina Ista respondió a su cordial invitación, **"Ir, ten mucho cuidado!, un león, que haces con un león?"**, pregunto ella.

Responde Ir, **"Reina, le presento a Nezur, mi león"**. Ista asombrada exclama, **"qué?, tu león?, estas loco!, aléjate de él, ahora!**.

Ir sonriendo le dice: **"si, no se asuste, él y yo hemos crecido juntos estos últimos años, cuantos dijo?, 10?"**.

Ista se sorprendió por que consideraba al león como su mascota, con más calma, acercándose, comentó, **"es asombroso!,**

ahora creo comprender por que has sobrevivido tanto tiempo aquí sólo, bueno, no tan sólo". Al mirar al león, también la reina no pudo evitar admirar el joven cuerpo de Ir, atlético, esbelto, con algunas marcas de rasguños o mordeduras de fieras, cicatríces de heridas profundas en su espalda, algún tipo de historias tendría Ir para contar sobre cada una de esas marcas.

La reina avanzó hacia ellos, aún con cuidado y mucha precaución lo hizo, a pesar de nunca haber dormido a la interperie sola o con sus guardias de seguridad, se sentía segura con Ir.

Nezur volteó su cabeza hacia la Reina Ista, al ver su movimiento hacia ellos, Nezur se levantó y dió un fuerte rugido, la Reina se detuvo de repente al ver la reacción de Nezur, con una palmada en la cabeza lanuda, Ir dió consentimiento a Nezur de bajar la guardia y permitirle a la princesa acercarse a ellos, regresando a su anterior posición, Nezur siguió degustando su comida, sosteniendo una porción grande entre sus patas y el ocico.

Después de las no tan tradicionales presentaciones, Ir, Ista y Nezur degustaron una rica ave sobre las brazas de la ya extinta fogata, algunas hojas silvestres recolectadas temprano en la mañana seañadierón a la ensalada con hongos del desayuno de la reina.

Después de comer y apagar la fogata por completo, continuaron su caminar rumbo a Mahí. Bajaron nuevamente al nivel del río que se había desvanecido durante la noche, el camino se había vuelto a convertir en zurcos de lodo, Ir prefería continuar su camino en el lodazal para seguir en lo plano, el riachuelo destrozó todo a su paso, haciendo el camino más amplio, pero muy difícil de transitar.

Una montaña se erigía como una sola pieza o roca monolítica tallada asemejando la cabeza con boca abierta de un lobo, la boca de un animal triturador de carne, de cualquier tipo de carne, en su cima, como hocico de lobo abierto, una columna bajaba haciéndose punta en su final, semejaba al colmillo superior del hocico, de entre la cueva, salió en un caminar lento pero seguro al Lobo Gris, al centrarse quedó a la orilla de la cueva, encorvó su espalda hacia atrás, hundiendo así su prolongado pecho y con una expulsión de aire, extendió su largo cuello hacia arriba, sacando su grave aullido para retumbar el techo de la cueva y emitir un eco en toda el área montañosa, haciendo de la cavidad natural un megáfono, lanzando el aullido de dominio total a toda la región, marcando su territorio, limitando mentalmente las fuerzas y conciencias de libertad en cada criatura a la redonda. Esta imagen la presenciaron de entre los arbustos y pinos, escondiéndose de los lobos, desde abajo en el ángulo de visión que tenían, se veía, como los rayos de sol pasaban por los bordes de la colina y toda la silueta semejaba una cabeza de lobo Negro, siendo el colmillo bajo de esa fauce, el mismo depredador Lobo Gris.

La reina se asustó, se acercó más al costado de Ir. Ir con una mirada a Nezur lo puso en alerta, por cualquier movimiento o ruido sospechoso, estos dos ya se habían vuelto diestros en su comunicación corporal y facial, ya se entendían como dos buenos hermanos.

Las aves del bosque se habían vuelto más ruidosas al festejar el arribo del agua nueva, la flora se mantenía enverdecida, rejuvenecida, los peces arrastrados por las otras afluentes que se conectaron con el río, parecían jugar en vez de nadar en él, el clima se había tornado algo húmedo, insoportable, pero propicio para el ambiente del bosque que mantenía la alegria de la flora y la fauna, si las condiciones del viaje hubiesen sido otras, como el de una expedición, la reina y el principe se habrían maravillado por lo que encontraban en su entorno.

El leon caminaba confiado al lado de su querido hermano adoptado, los dos habían pasado muchas pruebas de supervivencia durante sus últimos años, eso los llevó a desarrollar sus 5 sentidos y un 6to sentido por encontrar en su viaje.

De niño el principe tomó muchos riesgos para alimentar al cachorro león, aprendió a hacer y colocar trampas para pequeños animales, desarrolló su habilidad de pescar, a nadar de cerca con peces y atravesarlos con un arpón creado por el mismo, sembrar diversidad de frutos y vegetales, que luego seleccionó de lo mejor y lo dejó en el área fructífera, tuvo que probar toda clase de fruto del bosque, algunos muy ágrios, otros muy ácidos, algunos otros le causó dolores estomacales y muchas arcadas, comprendió que el pescado y la carne de los animales que el mismo cazaba eran las mejores piezas de alimentación para Nezur, con el tiempo
el papel de proveedor cambio, ahora era el león quien se arriesgaba para subastecerse, ya que era más rápido, sigiloso y fuerte.

Hubo una ocasión donde un gran Oso Café salió de la nada, a espaldas del joven, atacándolo con sus anchas garras, el muy joven Ir, asustado terminó en el suelo en posición fetal; rezando por su vida, su hermano Nezur, brincó ferozmente entre Ir y el Oso, Ir, levantó su mirada para ver cómo se iniciaba una sangrienta batalla, el Oso mordió a Nezur en la pierna izquierda delantera, la garra derecha de Nezur se afirmó en la espalda del Oso Café, las garras de sus patas inferiores desgarraron el enorme abdomen, fijando sus colmillos debajo del cuello del Oso Café, mordiéndolo varias veces, una y otra vez, cercenando brutalmente su cabeza. Ir recuerda eso como el pacto de unión entre ellos dos y jamas se han separado desde entonces, su hermano Nezur como lo llama el principe Ir, ha sido su más grande bendición.

Al llegar el atardecer del segundo día, Ir señaló el lugar de descanso para esa noche, en una casa enramada a una distancia cercana del área fructífera.

La enramada era una pequeña choza de varas y hojas de árboles, estas hojas cubrían la parte superior del techado, durante varios inviernos se dio cuenta que sería necesario cubrir los espacios entre las varas para mantener la choza caliente, aislada y poder soportar mejor el frío, así que se tomó un tiempo en inventar una mezcla de zacate alto y ramas pequeñas, recina de un árbol pegajoso con lodo, con el cual cubrió el exterior y el interior de la choza, añadiéndole un ligero nivel al suelo para aplanarlo.

Tenía un cerco de estacas con puntas quemadas para endurecerlas, rodeaba toda la choza y una parte de terreno despejado de maleza que servía como patio y/o jardín de esa estancia. Con esa improvisada cerca de púas se sentía más seguro con ellas durante la noche, quería evitar cualquier intruso nocturno.

La reina se hallaba exhausta por tanto caminar, partiendo desde la mitad de la montaña donde fueron atacados por los lobos, el correr para evitar ser arrastrados por la corriente del río creciente, la larga y difícil caminata en el lodo del riachuelo semiseco, el transcurso de subidas y bajadas de entre la vegetación densa hasta la mitad de la montaña adjunta donde su vestido real se teñía de manchas cafés por el lodo seco,su cabello lleno de pequeños pedazos de hojas y ramas, sus pies denotaban una considerable hinchazón, debido a la falta de práctica, caminar con sus zapatillas en un área fangosa, rocosa y llena de astillas y espinos de arbustos secos a nivel del piso, su apariencia general era de una mujer madura y delicada pero con fachas de una mujer lacaya.

A la entrada del área fructífera, Ir se ofreció a calentarle un poco de agua que podía recolectar de un hilo de agua que caía en forma de cola de caballo atrás de la enramada, había recordado vagamente como los alfareros hacían vasijas de barro, se las había ingeniado para construir un cántaro de barro rústico, sin forma perfecta, ya que no lo hacía como los alfareros de su reino,
aún así le servía para calentar agua para un baño fresco o tibio, para relajar cada músculo que tenían adolorido. Ese cántaro fue algo que el recordó cuando su padre lo llevaba a recorrer las calles y los mercados de su reino,

el se entusiasmaba con los diferentes oficios que habían y siempre se quedaba mucho. rato admirando, aprendiendo de los oficios de esos artesanos, mientras su padre se ocupaba de sus negocios con los dueños de aquellos locales populares, sus tesoreros recolectaban el tributo de acuerdo al oficio y sus posibilidades, sus soldados lo colocaban en las carretas, el tenia caballeros que hacían obedecer las leyes para cobrar los tributos, más siempre salía conmigo para asegurarse de que todos contribuían de manera justa y que tuvieran lo suficiente para su propio sustento.

Mi padre era un rey muy generoso, decía toda la gente, jamás vi una cara de odio o rencor, sin embargo, algunos oficiales de mi padre hablaban mal de él, pero nunca lo hacían enfrente a él, nunca lo entendí y mucho menos lo entenderé ahora, su partida fue algo que no tenía en cuenta, creí que aún estaba con vida y que seríamos muy felices al volver a estar juntos.

La reina se alegró de saber que el joven era todo un caballero, se percató que sus ojos siempre miraban hacia otro lado cuando su vestido real desgarrado dejaba ver su pierna semi desnuda, ella llevaba un cordel de seda muy fino y ajustado que le acentuaba esa hermosa figura femenil.

Mientras el agua hervía, ella reanudó la plática…

"...sabes, cuando era la princesa de Orl, mi padre era muy estricto conmigo, nunca me permitió estar a solas con un hombre, por eso mi escolta eran sólo mujeres, mi padre escogía únicamente a las campeonas del Torneo de Tari, eran, mujeres muy fuertes, hábiles, bellas, mi padre las educaba para que fueran muy sabias, tenían conocimiento de modales realez y guerra, una combinación letal.

Cuando algún principe me quería pretender, mi padre ya había tenido todo tipo de información sobre el principe, sus padres, el reino y sus buenos y malos hábitos, muchos hombres calleron en los encantos de mi escolta, perdiendo así la oportunidad de desposarme, si alguna vez esas fueron sus intensiones.

Mi padre se enteraba de sus faltas antes de que yo lo supiera, sólo dos principes fueron recibidos por mi padre para desposarme, el principe Noraft, y el principe Rauel ya sabras cual fue el que me desposó Rauel, el primero, llegó con cantidades grandes de ofrendas, como pagando por tenerme, le agradó mucho a mi padre, pero él sólo me veía como alguna posesión, como joven descarado que era me fue infiel antes de casarnos, traicionando el honor de respeto a mí y mi padre, mi escolta lo retiró de mi presencia cuando me enteré, más mi padre, mi escolta lo retiró de mi presencia cuando me enteré, más mi padre, dió cuenta de mi escolta por no haberle comunicado que habían sacado al principe Noraft sin la autorización de mi padre, quien quería hacerle pagar a su reino de tal deshonra, Noraft se volvió enemigo de nuestro reino".

La plática incomodó un poco a Ir, debido a que se imaginaba que se debía a su constante esquivo de miradas al cuerpo parcialmente semidesnudo de la reina, sus cachetes seguro alertaron a la reina de estar tocando un tema taboo para el joven principe. La reina rompió ese momento de tensión, para evitarle el bochorno.

"Se que ya no eres un niño de ocho años, que has crecido sólo y que ahora eres un fuerte y apuesto joven, cuando estemos en el castillo, de regreso con tu madre, podrás hablar de este tipo de tema, para no cometer el error que ese principe mal educado y avaricioso hizo". Terminó de hablar la reina.

Ir respondió a toda esa conversación inesperada, "la última vez que vi a una mujer mayor que yo, fue cuando me alejaba del castillo y alcancé a ver a mi hermana buscándome". La reina Ista continúe su plática, "en un plan de ataque improvisado mi esposo atacó al rey Aminura por dos flancos, derrotándolo y haciéndolo retroceder, el rey Aminura después de estar combatiendo con el ejército de tu padre Alauhe por varias semanas, alcanzó a penetrar la primera muralla del Norte, avanzó lo suficiente para derrumbar parte de una enorme puerta de madera, muy pesada y reforzada, el ejército de tu padre, está muy bien entrenado por lo cual Aminura no tuvo chance de seguir avanzando, mi esposo le cerró el lado Oeste y Sur, por lo que escapó por donde vino el Norte, en su escapada pudo recuperar algunos de sus hombre, pero el muy cobarde abandonó la mayoría de ellos en el campo de batalla.

Mi esposo los capturó; los llevó como prisioneros de guerra a los calabozos de Jussian, creo que no conoces el lugar, pero están encerrados lejos de las tierras de Mahí, en una isla que se llama Jussian. Mi esposo aún espera establecer un rescate por ellos, durante esas semanas de guerra, la reina Elica y tu hermana Dersis se mantuvieron protegidas en la Torre del Sur, la guardia las escoltó hasta que el último Aminurian fue encadenado, mientras eso sucedía uno de nuestros soldados le afirmó al soldado de alto rango de tu madre, que mi gente se unía a la defensa de tu reino, tu madre aceptó nuestra ayuda, permitiendo el paso de nuestros generales a re-enforzar la guardia en la torre", Con un sentimiento de angustia recordó el momento y pregunto, **"por favor, háblame de mi hermana y de mi madre, están bien."**

"Si, tu madre está bien, al enterarse de que no te encontrabas en el castillo, le pidió a tu hermana que se apurara a buscarte, ya que en eso momento tuvo la visita de un mensajero del Rey Aminura, ella no sabía las razones del mensajero, pero previniendo que tu padre no estaba en el palacio, decidió tener a toda la familia cerca, luego de despachar al mensajero, el rey Aminura atacó, tomando a todos por sorpresa, la reina se asustó mucho al no encontrarte, los guardaespaldas reales, retuvieron el ataque mientras tu madre te encontraba, tu hermana apareció sin noticias tuyas, los guardias las sacaron del salón del castillo para llevarlas a una de las torres de resguardo, esta batalla no duró mucho, gracias a que mi esposo Rauel, se hallaba cerca de Mahí, un sirviente que se adelanta en el camino del rey para asegurar que el viaje es salvo, observó el inicio de la batalla y regresó con mi esposo para informarle de tomar otro camino, por su propia seguridad.

Mi esposo sabía que tu padre no estaba en su reino por que el también estaba en viaje hacia una segunda reunión con la realeza de diferentes reinos. Mi esposo le encomendó a su sirviente vigía que buscará a su ejercito y este lo llevó a Mahí, fue ahí donde tu madre nos informó de que te encontrabas. desaparecido.

Yo me quede con ellas semanas después de que todo acabo,

también los hemos estado visitando constantemente, ha sido así, por que al no tener noticias de ti, ni de tu padre, se enviaron grupos de rescate a diferentes lugares, te buscaron en el castillo, los jardines, los calabozos y corredores subterráneos del castillo, en la casa de conserjes, el lago y los ríos gemelos, los campos de cultivo, en la casa de los campesinos y en las cercanías de la montaña de las fieras, fue en las faldas de la montaña que vieron aves de rapiña sobre volar un área en especial, usualmente estas no vuelan en esa área y a esa altura, por lo que un grupo llegó ahí y fue que hallaron a tu padre, partes despedazada de los caballos y el carruaje, pero ningún rastro tuyo y de los cocheros, lo que les hizo pensar, que pudiste haber sido comido por las fieras o que no estabas con ellos, por lo cual después de un tiempo se levantó la búsqueda, cuando tu madre recibió las malas noticias de que habían hallado el carruaje de tu padre destruido, que el estaba muerto y que tu aún estabas desaparecido, fue en ese momento que tu también estarías muerto debido a lo peligroso de la montaña de las fieras.

Le dí mi apoyo, mi ayuda, mis condolencias, mi amor, lo que fuese necesario para apaciguar sus noches de llanto, su corazón estaba destrozado, no encontraba descanso, la obvia noticia de tu desaparición por varias semanas le permitió sólo aceptar lo inevitable,

pero ahora cuando regresemos, sé, que va a volver a llorar, pero esta vez será de mucha alegría al verte."

La forma de contar los sucesos la reina Ista, le asemejaron a los cuentos que su padre le contaba antes de dormir, donde reinos luchaban por conquistas de tierras, fortunas, animales y gran cantidad de cosas que se suponía eran fantasías, como dragones, unicornios, pegasos, duendes, gigantes, ogros, lugares secretos mágicos o peligrosos, aventuras que sólo valientes podrían vencer para al término del relato quedarse con las doncellas más bellas, desposarlas y ser felices para siempre, pero esta vez, todo había sido real, no un sueño.

Después de una breve pausa, Ir, argumentó, "eso espero, he soñado tanto con volverlas a ver, aún mantengo vivo, el aroma de su cabello, sus dulces palabras antes de dormir, sus suaves labios besando mi frente deseándome buenas noches".

La imagen viva de esos momentos dejaron fluir grandes lágrimas de dolor, un dolor que tendría que ser sanado con el fuerte abrazo que un niño necesita para sentirse seguro y amado. La reina no pudo quedarse viendo al joven tan conmovido por su dolorosa situación, se levantó de su lugar cercano a la fogata, para arrodillarse cerca de él y abrazarlo.

"Me imagino cuanto las has de extrañar", le pronunció mientras lo confortaba con el calor de su cuerpo en el abrazo.

"Solo deseo llegar, abrazarlas, decirles lo mucho que las quiero, lo difícil que ha sido para todos y volver a escucharlas". Terminó de decir Ir.

La reina se había separado un poco de él, lo siguió mirando desmoronando en lágrimas sus recuerdos infantiles, nuevamente lo abrazó y con voz melodiosa le dijo: **"yo también quiero que tu deseo se vuelva realidad"**. Dándole un beso en la frente a la altura del cabello largo que se dejaba caer frente a los ojos marrón, Ista tomó su mano y le prometió que volvería a ver a su madre.

Un suspiro profundo de descanso, de peso ensimismado le dio un nuevo anhelo de paz, esa promesa lo había hecho sentirse aliviado.

El principe le pidió a la reina descansar en la enramada, mientras Nezur y él vigilaban durante la gélida noche.

La reina tomó el cántaro de barro con el agua tibia, fue a la parte trasera de la enramada donde el goteo constante del riachuelo vertía sus aguas en una poza natural, parte de esta tenía un pedazo como tina donde sólo se acumulaba el agua y en la poza había una corriente subterránea donde se iba el agua del riachuelo, la pared natural con una verticalidad impresionante dejaba entre ver su cima cubierta de espesa nieve, la cual al derretirse formaba el inicio del riachuelo y el final era la poza, ella sumergió su cuerpo desnudo, desprendiéndose de toda ropa, su larga cabellera ondulaba al caminar al interior de la poseta, su cuerpo se refrescó con el agua tibia, había recogido algunas flores aromáticas que al calor del agua desprendieron su exquisita esencia, al tallarse con los flores dejaron su aróma impregnada en su tersa piel, le dió una satisfacción de limpieza, salió para luego abrigarse con varias pieles que habían en la enramada.

El principe estaba fascinado con la delicadeza de la reina, una mujer muy interesante, madura, hermosa y a la vez cariñosa, su presencia le traía recuerdos de la actitud de su madre, de como le trataba, aconsejaba, de como su madre hablaba con el a sus cortos 8 años, de como le hacía sentirse querido y protegido.

Aquella idea se había quedado sólo en su mente, durante su niñez, la familia real lo había preparado para ser un pequeño caballero de tan solo 8 años en ese entonces, a su mente llegó los recuerdos, se había convertido en un joven amable y cortés que se hizo valer por sí mismo después de haberse separado de sus padres, dejó de ser ese niño protegido por sus seres amados para enfrentar la vida peligrosa que le esperaba en el bosque y las montañas con aquellos animales salvajes, en la montaña de las fieras, vivir era algo imposible, tuvo que madurar a temprana edad por que su situación se había convertido en vivir o morir, como pudo sobrevivió en un entorno que destruiría cualquier ser de corazón noble, simple, valiente o temeroso.

Ese lugar es de lo peor para un niño de 8 años, sin embargo, se desempeñó mejor que cualquier soldado real, valiente caballero o bárbaro con ilusiones de conquistar las tierras salvajes.

Sentado a un lado de la fogata, mientras afilaba la punta de una estaca, con las navajas o cuchillos de mano que recuperó de los guardias de la reina, se profundizó en sus pensamientos de como habían pasado 10 años desde el accidente, hasta ese momento, su corazón anheló volver a ver a sus padres y hermana, sin saber, que el accidente causó la muerte de su padre y que su madre con su hermana permanecieron en lo alto de una torre, esperando por una probable muerte durante el cobarde ataque de un maligno ser, el rey Aminura o por un momento de alivio al hacérseles llegar información de nuestro retorno al castillo.

El principe Ir dejo de tallar la vara y observó lo grande, lo fuerte y toscas de sus manos, lo alto y grueso de su cuerpo, la larga cabellera dorada de su cabeza y rostro. Se aterró al pensar que no sólo el había cambiado, sino que muy posiblemente su madre y hermana, su tristeza, coraje, impotencia le hizo dar un grito de desesperación, **"Aaaaaahhhhhh!!!"**.

La reina lo había escuchado tallar la vara, dejar de hacerlo al sollozar, para después escuchar el desgarrador grito de su pecho que la conmovió.

Ella sabía que tenía que dejarlo expresar sus emociones, no salió a ver que pasaba, sólo lo dejó sacar el dolor que llevaba acumulado en su corazón.

Su grito como alarido de perro, incitó a los lobos comenzar a aullar al unísono con sus lamentos. Nezur se levantó al verlo tan conmocionado, caminó al rededor de la fogata como animal enjaulado, alerta volteando hacia la dirección de los aullidos en el bosque, eran tantos que tuvo que voltear a ver a Ir. Nezur sólo movía la cola medio levantada en un gesto de acompañamiento en su dolor, un estruendoso rugido de lobo paralizó el bosque y sacudió la montaña, apagando el escándalo que se había producido, pronto pasarían varias horas, las hojas de los árboles empezaron su caminar a lo largo del suelo seco, polvoriento, parecía que el viento empujaba las hojas de los árboles para barrer con ellas el camino de las nubes gruesas de lluvia que se aproximaban, si, el cielo estrellado comenzó a cubrirse de esas nubes negras del líquido vital para los árboles del bosque, del torrencial de agua que terminaría creando ríos de profundidades inciertas, agua que hidrataría a cada especie vida en estas montañas peligrosas, una ráfaga de aire helado empezó a calar los huesos, Ir ingreso a la enramada con una antorcha para asegurarse que la reina estaba adentro ya recostada, la reina permanecía sobre los trofeos de pieles que Ir tenía ahí en colección, en una esquina como cama, una sobre la otra, tomó algunas para el y Nezur, ambos terminaron durmiendo en la boca de la supuesta puerta de la enramada.

Durante las siguientes horas la lluvia calló fuertemente sin cesar, las ráfagas de aire producían un zumbido chillozo:**"huuuuwiiiiiiuuuu"**, el aire movía las hojas del techo de la enramada, la verticalidad de la pared natural les servía de muralla para esas ráfagas violentas, los vientos chocaban con ella disminuyendo su poder sin lastimar la enramada, el cansancio de los 3 habitantes era suficiente para que aún así el ruido no los levantase, Nezur siendo un felino audaz, dormía pero se mantenía en alerta, ya que los ojos amarillentos de los lobos se abrían y cerraban al rededor de ellos, se mantenían alejados, afuera de la cerca de las estacas puntiagudas, del calor de la fogata, de su luz, en la obscuridad, sólo vigilando, esperando el momento oportuno para devorarlos.

Nezur sabía que mientras el estuviera ahí no pasaría nada, varias veces anteriores los lobos los atacaron, Nezur dispuso de algunos lobos durante sus encontronazos, desgarrando a estas criaturas durante esas peleas sangrientas, en una de esas luchas el lobo gris, como es de costumbre atacó a Nezur por la espalda, pero no contó con la valentía de su hermano Ir, quien lo enfrentó a palo y piedras, hasta hacerlos retroceder.

Con un historial de varias batallas, los lobos ganando las primeras peleas para quedarse con lo que Ir y Nezur cazaban para comer, el lobo gris ferozmente reclamaba con su posición de líder la carne de todo animal caído para él, Ir y Nezur, pasaron varias jornadas de hambre debido a esto, pero ninguno de estos ataques el lobo gris alcanzó a matar a Ir, por que al final Nezur dominó sobre el lobo Gris, quitándole el trono de líder absoluto del bosque y las montañas. Las marcas de sus peleas se denotaban en ambos, Ir llevaba sus marcas en la espalda, varias cicatrices en brazos y piernas,

Las marcas de sus peleas se denotaban en ambos, Ir llevaba sus marcas en la espalda, varias cicatrices en brazos y piernas, al igual Nezur en sus patas, el lobo gris había perdido dedos en su pata derecha y pedazos de sus dos orejas, también cicatrices en su rostro y hocico, Ir había construido un arma especial de madera y piedra de obsidiana como navaja para defenderse del lobo gris, cuando casi pierde la vida, su último enfrentamiento fue voraz, atroz, salvaje y muy violento, ambos no dieron tregua hasta que lobo gris retrocedió dando su lugar de campeón a Ir, Nezur se encargó durante toda la batalla de mantener en línea a los otros lobos para que no intervinieran como manada que son, Nezur dejó terminar la pelea, con suma confianza en Ir, miró como el Lobo Gris y sus secuaces corrían despavoridos a su escondite en el bosque.

Nezur cazaba lobos dejando muestras de su dominio y autoridad en la región, esto le permitió a Ir tomar confianza en si mismo y poco a poco el lobo gris se convirtió en un juguete para Ir y Nezur, durante los ataques Nezur dejaba que los lobos menos hábiles lucharan con Ir, así estos le servirían como muñecos de entrenamiento, le dejó combatir su miedo hasta que los pudo dominar, Nezur a parte de ser el animal más fuerte de la región, el más sabio del lugar, también era el más tierno felino que Ir había reconocido como a un hermano.

..Mientras tanto..

..música medieval renacentista se oía en el sueño profundo de Ir, su sueño lo regresó al reino, a su castillo, a una gran fiesta, se servía un festín, se celebraba el festín en su honor, sin saberlo el sonido de la noche en los campos del área fructífera, los ruidos ligeros de los insectos del campo harían ensayos armoniosos que su subconsciente decodificaba como la música de casa.

Ir bailaba con su madre, tomados de la mano ella le enseñaba sus primeros pasos de baile, giraba alrededor de ella, grandes carcajadas de alegria le hacían enrojecer sus cachetes, su madre con un vestido de gala real hermoso y su corona de oro y piedras preciosas hacían el lugar brillar, su sonrisa también alimentaba de entusiasmo y amor el corazón de Ir.

En un giro quedó de frente a un espejo con marco de madera fina, se apoyaba en una de las paredes de mampostería del salón principal del castillo, su reflejo en él era hermoso, reflejaba sus cuerpos completos como retrato pintado de pies a cabeza, alcanzó a ver su cara de felicidad, la cara de un niño de aproximadamente 8 años con su madre, se detuvieron para acercarse al espejo, ella a su espalda, lo tomó de los hombros susurrando al oído: **"Ir, algún día vas a ser un gran rey"**.

Mujer de gran sabiduría era su madre, consejera personal de su amado esposo, el rey Alauhe.

Ir volteo hacia su madre y la abrazó, esta respondiendo a su acto de amor, se inclinó y lo recostó en su hombro, dejando su mejilla izquierda a la par de la suya.

Un fuerte estruendo lo trajo de vuelta a la realidad, Ir alcanzó ver como los lobos escabullían asustados hacia la oscuridad del bosque, Nezur se levantó también llevando su mirada hacia el cielo, la reina Ista se levantó asustada, acercándose a la boca de la enramada, le preguntó a Ir sobre el estruendo ..."**Están todos bien?**"...

Un poderoso rayo calló en las cercanías del área fructífera, la reina Ista insistió a Ir, debemos de irnos de aquí, hay que buscar un lugar lejano al agua para evitar los rayos, pueden caer cerca de la enramada. Ir había pasado muchas noches en la enramada con tormentas eléctricas, más esta se sentía diferente, se veía diferente, el aire se había vuelto muy helado y la lluvia se mantenía con gotas gruesas y constantes, en las nubes los rayos marcaban hazes de lúz y raras sombras moviéndose entre sus alturas. Ir optó por seguir el consejo de la reina Ista, levantando las pieles, Ir se preguntó: "**qué habían sido esas sombras tan raras en las nubes?**", sus corazones latían más rápido de lo normal, una jarra pequeña con amarres y un tapón de tela servía para llevar algo de agua en el camino, apagaron la ya casi extinta fogata para evitar algún incendio forestal, también se armaron tomando unas baras, tenía zácate a una bara, pegada con recina para usarlas como antorchas e iluminar su camino. Ir sabía de unas cuevas del lado Sur-Poniente de la elevación donde él había encontrado cristales y piedras preciosas, las cuales no les dio mucha importancia, sería el camino a continuación.

No sólo era el estruendo de los relámpagos o rayos, sino también el retumbar del suelo, al caminar el suelo se movía como si estuviese respirando, se elevaba y baja bruscamente, en ocasiones se sentía temblar bruscamente, la tierra rugía al unísono con el cielo, ambas fuerzas naturales eran sumamente escalofriantes, definitivamente algo que Ir o la reina Ista nunca habían visto o presenciado; a lo lejos la árboleda se alcanzaba a ver una lúz, siendo estas pequeñas llamaradas dejadas en los árboles por la furia de los rayos, Ir veía que no era de peligro pues, sólo se trataba de unos cuantos árboles en llamas, lejanos, pero podían convertirse en un problema si se alimentaba de los aires de aquella tormenta extraña. Aún no amanecía y ya habían caminado varias millas, donde se hallaban se veían rodeados por los pinos de las montañas,

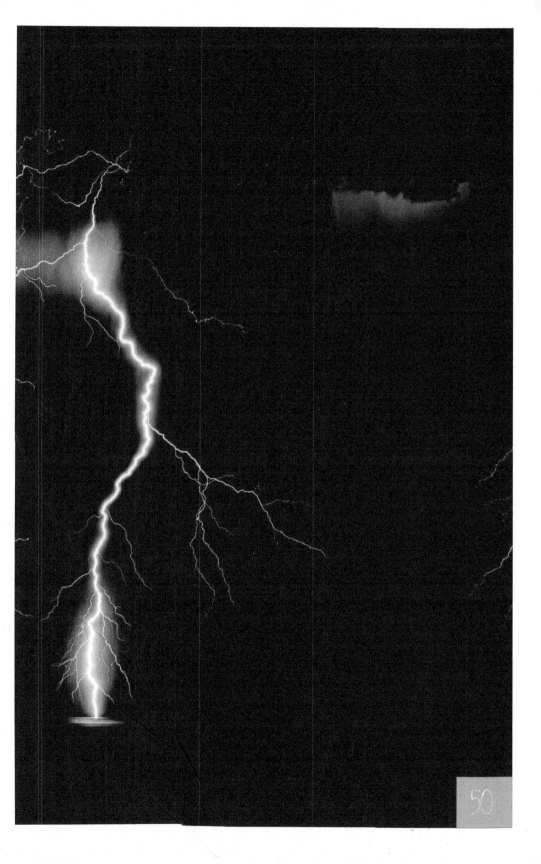

50

desde ahí la enramada y la zona fructífera habían sido historia, había mucha distancia, una vereda empedrada, pero con rocas de abalastro y obsidiana, piedras muy duras que formaban un camino gris oscuro, material que uso Ir para sus navajas y puntas de lanzas primitivas que le ayudaron vencer al gran Lobo Gris.

El suelo seguía retumbando a tal forma que Ista e Ir tuvieron que sostenerse de lo que podían, estando ya lejos del área fructífera, los alimentos podrían escasear si les tomaba mucho tiempo viajar hacia Mahí, al llegar al pico de una montaña se veía en el entorno, rocas de todos tamaños rodando cuesta abajo, se desprendían de las altas paredes verticales de muchas montañas, nos imaginamos la pared cerca de la enramada, su cercanía a la enramada averiaría esta, vimos como los temblores creaban olas en la poza de agua mientras nos retirábamos del lugar, mezclaba su clareza con la tierra y las piedras dejándola lodosa, el ruido se convertía ensordecedor a tal grado que los oídos empezaron a sangrar, sonaban como enormes trompetas , cientos de estas en todo el eco de las montañas, perdíamos el balance con el suelo, el pobre Nezur mareado, comenzó a vomitar.

Con las antorchas en una de las manos, iluminaban su camino, el terreno por recorrer era basto y los cielos le igualaban, lo increíble es que para ellos el mundo entero se hallaba en sombras, con la otra mano se cubrían una de las orejas, Nezur avanzaba con la cabeza agachada y zigzagueaba en su trote, estaba completamente desorientado, Ir lo llamaba, más era difícil de escucharse a si mismo, menos lo haría Nezur, con tanto estruendo.

Con lo poco que alcanzaron a sacar de la enramada, se tenían amarrados ambos, pero Nezur se hallaba libre, Ir con la antorcha le hacía señas a Nezur, moviéndola de un lado a otro hasta percatarse que Nezur respondió a su llamar, avanzando por el área menos concurrida de árboles y declives peligrosos, los 3 se movían con suma ligereza, sus pies y las piernas de ambos estaban llenas de rasguños de los arbustos con espinos.

No tenían tiempo de limpiar sus heridas, estaban en un lugar que se abría antes sus pies, resultó que la montaña había acumulado cantidades de tierra por el pasar de los siglos, al sacudirse y recibir los impactos directos de los rayos, el suelo se fragmentaba dejando bocanadas, creando acantilados, permitiendo ver su interior, sus entrañas llenas de lava.

La reina Ista se asustó al ver las lenguas de fuego que expulsaban las grietas, el rugir de las paredes chocando entre ellas enchinaban su piel, dejando las zapatillas atrás por su ya dolorosa experiencia, avanzaba con pieles amarradas en sus pies, se sujetaba en las ramas de algunos árboles chaparros, intentaba llevar el mismo ritmo de Ir, pero iba demasiado rápido, su sudor caí en su rostro, una gota de sudor se deslizó de su frente hasta llegar al borde de su ojos, haciéndola sentir un ardor, abriendo y cerrándo quería deshacerse de él, pero terminó por mantener el ojo cerrado para alcanzar a Ir, la gota siguió su andar, esta vez llegando hasta sus labios, con su lengua, limpio la gota de sudor, pensando que así se vengaría del ardor, al saborearla notó un sabor amargo, agrió, nada parecido a lo que ella había probado antes; con un jalón fuerte al lazo que los unía, llamó la atención de Ir, reduciendo su paso la reina lo alcanzó, **"nose que está pasando, pero todo esto no es normal"**, le dijo la reina. Ir no contestó la duda de la reina, le pidió seguir avanzando para salir del área montañosa, cuando estaban en lo bajo de la montaña del otro lado, donde había una gran meseta, estaba llena de árboles frutales y vegetación baja, la tierra era roja y muy fértil, tanto que los insectos, animales y plantas tenían un tamaño no común, casi el doble de lo normal, en ese momento Ir, tomó de la mano a la reina Ista ya que varios Alces corrían despavoridos hacia ellos, un gran alce de casi 15 pies de alto con unos enormes cuernos, se plantó frente a ellos, su rebuzno los puso en alerta, Ir no vio a Nezur por ningún lado, así que, teniendo él sólo la responsabilidad de cuidar de la reina Ista, mantuvo su posición de guardia para desconcertar al alce, deseaba saber si se detenía y volvía a su manada o si habría que enfrentarlo para salvar sus propias vidas. Ir recordó su entrenamiento con Nezur, una mañana de otoño (año 6 en su estancia en las montañas), Ir logró pescar varios peces de un lago, ya habían pasado varios días en hambruna, su suerte ese día pintaba brillante, pero se terminaría pronto al aparecer una jauría de cerdos salvajes, el más grande de ellos embistió sin previo aviso a Ir, sus largos colmillos rozaron una de sus piernas y le hizo caer al suelo, con un chillido, demostrando furia, los demás siguieron al enorme cerdo, Ir observó como todos embestían al mismo tiempo, más Ir se levantó con mucha agilidad, tomo su bastón tipo lanza y la lanzó al cerdo mayor, fallando, corrió hacia el grupo de cerdos salvajes, gritando con un alarido animal, sus enemigos al ver que no les tenía miedo, se dispersaron hacia ambos lados, como camino que se difurcaba, todos ellos rodearon los costados de Ir llegando hasta la espalda del cerdo mayor, este rechinó sus dientes, exhaló aire caliente de entre sus fosas nasales y emprendió de nuevo a embestir a Ir, más esta vez, Ir recuperó una red de fibras entretejidas que lanzó al cerdo mayor, capturándolo y dejándolo inmóvil, de su cinturón de cuero sacó una daga rústica y la insertó en el cuello del cerdo, su berreo asustó a los otros cerdos que decidieron escabullirse entre los matorrales, dejándoles solos. Ir se hizo de un gran animal, que les alimentaría por varios días.

Regresó sus pensamientos al Alce que tenía enfrente de él, el alce moviendo su gran cabeza de arriba hacia abajo, los hizo retroceder, su cornamenta de exagerado tamaño, se balanceaba con el fin de hacerles daño, Ista le pido a Ir correr hacia los árboles, la densa vegetación le impediría al Alce atacarles o al menos eso fue lo que ella pensó, Ir quería enfrentar al Alce, pero teniendo a la reina Ista a su lado, viendo por su seguridad, casi en cámara lenta volteó su cuerpo hacia la reina, la tomó de la mano jalandola hacia él, ambos corrieron
a los árboles más cercanos, sus espacios eran muy estrechos, sus raíces gruesas se levantaban del suelo de uno a tres pies de alto, pareciendo un laberinto natural, la posibilidad de encontrar la salida de ese laberinto natural al otro lado, era una idea tonta, había mucha vegetación, mucha, mientras corrían, Ir llevaba en su mente a su madre y hermana, la posibilidad de reencontrarse, retomar su vida con ellas, le daba más fuerzas, ambos corriendo dentro de la arboleda esquivaban todo tipo de arbustos y hendiduras en el suelo, las largas zancadas del Alce aplastando sus huellas en el lodo,

eran su mayor motivación para huir de una posible muerte que se encontraba corriendo atrás de ellos.

CAPÍTULO 2.

LA REINA ELICA.

En su alcoba real, en la torre central del Castillo de Acur en Mahí, la reina Elica, acariciaba el cabello castaño de su amado esposo mientras este dormía, con suaves susurros al oido declaraba su profundo amor hacia él, su esposo el rey Alauhe.

"Que dicha la mía de haberte encontrado esposo mío, mi vida no estaría llena de grandes bendiciones, de no ser por tu increíble y noble corazón, heme aquí postrada a tu lado, admirando tus bellos labios, jugando con tu cabello, hilos de algodón, tocar tu rostro varonil, surcar el borde de tu nariz masculina, me deleita saber que nuestro hijo Ir, es tan apuesto como su padre".

La reina reposo su cabeza en el pecho ardiente de su caballero dorado, escuchando el latido de su melodioso corazón, ella interpretaba cada palpitar del corazón como si dijera su nombre, **"Elica, Elica, Elica",...**

...sin cesar hasta quedar profundamente dormida.

A la mañana siguiente el rey Alauhe entraba a la alcoba real, ya en su típico atavío real, buscando algunos apuntes que había escrito en un papel matiz con tinta negra, traída de un país muy lejano, donde no se hablaba el idioma español o francés, en esa carta de papel, el rey había hecho notas específicas sobre su próximo viaje y sus puntos a tratar con los reinos vecinos, era de suma importancia, que también lo utilizaría como parte de su discurso a su pueblo esa mañana, también dejaría algunas órdenes en especial a su séquito de seguridad. La reina somnolienta, le da los buenos días, estirando su cuerpo de un solo movimiento, su camisón suave y delgado cubría su desnudez ligeramente, el rey no dejaba de admirar hermoso regalo de Dios.

"Mi rey, porqué se levantó tan temprano?, acaso es un día especial?" pregunté, **"no, mi amor, no es un día especial, aunque ahora que mis ojos te ven, creo que si lo es, tu exquisita belleza de campos verdes y salvaje cabellera oscura aviva mi alma, claro que es un día especial a tu lado, mi adorada reina"**, terminó de decir el rey Alauhe.

El amor entre nosotros era obvio e inigualable, nuestras fiestas y reuniones siempre estaban llenas de gente de alta clase, miembros militares y gente de mediana sociedad, sin importar de que clase fuesen los invitados, la elegancia, gala, hermosura, fineza del rey y la reina, siempre nos volvíamos los centros de atención, más cuando mi sonrisa radiante se dirigía con sinceridad a cada persona del evento, me devolvían su sonrisa con mucho cariño.

Me decían que mi belleza fue aún más grande cuando tuve a mi primogénita, quien me hizo mostrar mis atributos de madre, mujer joven madura y sabia, constantemente dirigiéndose a todos con amor y atención, ningún siervo se sentía esclavo de la reina, aceptaban ser educados por la reina Elica, les enseñaba cosas que nunca hubieran aprendido por sus propios padres, sus padres sólo les hubieran enseñado las habilidades de sus propios oficios, después del parto su candor de madre había traído al castillo real de Acur armonía y paz.

Paz que desaparecía al tener de invitado en una ocasión al rey Aminura de Sajialah en Valsix. Su entrada fue muy notoria, de mala vibra para con los invitados y fue muy mal recibido por muchos justos y nobles presentes en la fiesta, el rey Alauhe quería traer paz y abundancia a varios territorios cerca y lejanos a Mahí, el rey Aminura tenía fama de ser un rey despiadado, mal educado, sin principios y engreído, prepotente, avaricioso, obtuvo su reinado a base de estafas, engaños y muerte, oprimía a su pueblo exigiéndoles grandes cantidades de tributo, no aceptaba los errores, por lo cual sólo culpaba, juzgaba y ejecutaba al responsable, siendo en muchas ocasiones solo víctimas de su dictadura, su mejor amigo o cómplice era un fakir del cual tomó la mala costumbre de tomar doncellas bellas para su haren y sucios placeres carnales.

El mismo rey Alauhe se sentía incómodo al tenerlo en el castillo, más como acto de paz, rehusó el consejo de los sabios al invitarlo a la reunion de paz, su fin principal era demostrar que todos eran dignos de ser mejores a pesar de su pasado.

Mientras las grandes caravanas de carruajes llegaban a la sede, el rey Aminura, se daba un voraz festín con los aperitivos de la mesa, extendía sus manos sucias para embullir los platillos a su boca, dejaba los vasos de plata y oro para beber los vinos y otras bebidas embriagantes directamente de la boca de las botellas que circulaban en el gran salón por los sirvientes del evento, más sin duda la atención en el momento de llegar al claro del salón fue cuando la reina Elica apareció bajando por las escaleras del recinto, llevando la cola de su vestido blanco y dorado sostenido de su brazo derecho, con un hermoso peinado entretejiendo su larga cabellera, su maquillaje con un ligero tono natural, tomando con la mano izquierda el pasamano de las escaleras y su bella sonrisa magnetizándo de adoración a todos, en especial a su esposo, dejando a todos atónitos, en especial al rey Aminura, quien se enloqueció por su bella presencia.

En la mente del rey Aminura veía un vestido de gala blanco y finos hilos de oro que asemejaban hojas de olivos en lo largo del faldón, mangas anchas y el escote del busto remarcaban lo joven de su cuerpo, cuerpo que producía suspiros en su caminar, cada paso, era un suspiro profundo de impotencia para poseerla, sus zapatillas con incrustaciones de diamantes helaban su corazón, ya que no le llegaría a pertenecer, era mujer desposada y con uno de los reyes más poderosos de lo ancho de su mapa territorial, llevaba un pendiente en su largo cabello ondulado, la copa del salón tenia ventanales grandes que permitían entrar los rayos del sol y se reflejaban en su pendiente, iluminando todo el salón creando un efecto de Aura sobre su hermoso rostro.

Aminura dejó su pedazo de carne en las manos de su subyugado, limpió su boca con la manga de su túnica, se acercó al sirviente que sostenía el balde de agua aromatizada para lavar sus manos y seco sus manos, no en la toalla que colgaba en su antebrazo, sino en la ropa del sirviente, causando el malestar de este, pero no podía demostrar odio o coraje, por que su vida dependía de ello. Aminura veía a la reina Elica como animal de caza y el dispuesto a cazarla, el rey Alauhe cortó el paso del rey Aminura hacia la reina Elica, poniéndose delante de él y saludándolo con cordialidad empezó a entablar una plática de apertura política, como tema principal su unión a los reinos en el tratado de paz, el rey Aminura se enfadó
ante obvio atropello,

sin saber o sin importarle que la mujer a la que quería acercarse era la mismísima esposa del rey Alauhe. **"hay tiempo para todo, ahora quisiera conocer a esta exquisita pieza de mujer"**, dijo el Rey Aminura. **"Aminura, esta hermosa mujer es mi esposa, la reina Elica, la reina de Acur"**, dijo el rey Alauhe.

"la reina!, creí que era una de sus concubinas", respondiendo el rey Aminura arrogantemente.

El rey Alauhe tomó el comentario como su forma de romper la tranquilidad del lugar, de ofenderle para hacerlo quedar mal entre sus invitados, de demostrar que su plan de tratado de paz no sería respetado por él o cualquiera que estuviera de su parte, al igual que no daría un buen ejemplo de paz y unión si reaccionaba a su ataque verbal.

"Rey Aminura, le recuerdo que se encuentra en mis tierras, mi reino, mi casa, sus palabras han sido insultantes", dijo Alauhe.

"Perdón su majestad, mujer como su esposa no tiene comparación con las mujeres Aminuritas, que son bellas en verdad, pero la belleza de la reina aquí presente es exquisita", respondió Aminura.

Me acerqué a mi esposo Alauhe, **"por favor, mi rey, recuerda la verdadera razón de la fiesta.**

Alauhe le respondió a su esposa, **"tienes razón mi amor, rey Aminura, lo esperamos en la mesa del banquete principal"**, ví como mi esposo se dirigió al comedor de manera cortés pero desafiante.

Ví la reacción del rey Aminura hacia mi esposo y el odio reflejado en sus ojos y en sus palabras que le siguieron al responderle a mi amado. **"claro, estaré ahí en un momento"**, Barbaceo Aminura.

El rey Alauhe tomó bajo su brazo las delicadas manos de su esposa, la reina Elica con aprobación y satisfacción por haberse retractado de retar al rey Aminura, le mostró una sonrisa angelical.

Mientras caminaban al gran comedor a través de grandes columnas mosaicas, portales de madera labrada con imágenes de montañas, selvas, bosques, frutos, animales exóticos del reino de Acur, el rey Aminura llamó a su subyugado, primer en mando **"Deyor, alista a nuestros caballos, partiremos de aquí pronto"**. Deyor respondió a la orden, **"a la ordenó su alteza"**.

Interrumpiendo de forma escandalosa, el rey Aminura demostraba su magnificencia de soberbia que caía sobre los hombros de cada rey, sentados todos ellos alrededor de la mesa empezando a conversar de posibles buenas nuevas, las palabras y carcajadas cesaron ante su presencia, todos dirigieron sus miradas fijamente en la única persona no deseada en la reunión.

El rey Max, preguntó, **"rey Alauhe, porqué debemos de aceptar oferta de paz con Aminura?"**, El rey Max de Ika en Takia, ya había tenido percances personales con el rey Aminura, sus leñadores habían sido torturados y asesinados en el borde de Valsix y Takia.

El rey Alauhe, habló para la tranquilidad de todos, **"Por favor, rey Max, entiendo su descontento y esperamos llegar a un solemne acuerdo de paz"**...

..siendo interrumpido, el rey Aminura lanzó una daga de hierro al rey Max, dejando a todos atónitos, el rey Max, recibiendo la daga en el pecho fue tumbado hacia atrás como si un rayo lo hubiese fulminado, la daga de hierro negro del rey Aminura era muy conocida, se creía que la daga de hierro o la mezcla de la hoja de metal con el veneno de la cobra negra del desierto de Valsix le había dado su color y su poder mortal.

El rey Max se apretaba el pecho por el gran e indescriptible dolor, la hoja de la daga se encontraba entre sus dedos, su sangre empezaba a manchar su camisa blanca y joyería que se encontraba alrededor de su cuello, su sangre mezclada con el veneno creaba un río negruzco que rápidamente salía de su cuerpo y poniéndose al contacto con el aire se coagulaba de inmediato, la herida abierta al rededor de la daga supuraba un espuma verdoso-negruzco, nada que ver con el color natural de la sangre.

Algunos sirvientes, invitados reales, nobles salieron asustados del comedor hacia el salón principal, la gente que se encontraba en la sala de afuera, el salón principal, dejó de bailar y platicar, los músicos dejaron de tocar y las parejas de bailar, al ver el amontonamiento de personas asustadas, siendo atropelladas algunas por la misma multitud que salía del comedor, se había creado un escándalo, algunos guardias llegaron al salón del castillo, pero también salieron guerreros Aminuritas, empuñando espadas, lanzas, arcos, garrotes con bolas de metal con púas, escudos con motivos de monstruos salvajes, serpientes gigantes con patas o probablemente dragones, resultó que para Deyor, **"alistar los caballos"**, significaba entrar en sorpresa al recinto del castillo, atacar, robar, matar para después huir con el botín.

El rey Alauhe cuestionó: **"qué haz hecho?, acaso no entiendes que quería restaurar la paz con tu reino, traer prosperidad para tu gente que está sufriendo, no importaba lo que había ocurrido, el pasado ha sido borrado, que con tu estupidez acabas de enterrar la espada de muerte para ti y tu gente,** "pobre rey Alauhe, con sus sueños de paz, lo que necesitan es un señor absoluto que los domine, como yo, hoy vas a tener paz mientras me vaya con todo tu oro, armas, y tu esposa. Dejarás que me vaya en paz, jajajajajaja!, por que de lo contrario mis guerreros bajarán a Acur para destruirte y a todos estos cobardes".

El rey Alauhe desenvainó su espada de acero forjado con cristales afilados, una espada nunca antes vista por los sirvientes del castillo, se decía que la espada tenía un poder especial para aquel que la posellera, los demás reyes se asombraron al mismo tiempo que el rey Aminura, el rey Koal exclamó: **"es la espada Fleir"**, la gente alcanzó a escuchar el nombre, algunos sirvientes, dejaron sus puestos para acercarse a ver la mítica espada y lo que acontecía en el comedor real, algunos invitados se empezaban a encaminar a la salida, otros nobles ordenaban que se les llamara a sus respectivas escoltas, para su protección personal, las cosas no pintaban bien; el rey Aminura empezó a relatar: **"cuando mi padre me comentó de una espada especial, de acero y cristales, yo llegue a soñar con tenerla, si recuerdo bien, tus ancestros al tiempo de la conquista de Acur, tu padre Carrillo, mandó hacer la espada de Fleir, para derrotar al supremo dragon de Mahí, con destreza inigualable tu padre introdujo la espada en el corazón del dragón y con su sangre mágica,**

el acero de la espada y la sangre del dragón crearon el mito, el mito de que la espada en mano de un rey en momentos de guerra iluminaria el camino a la victoria, debido a que la espada está cargada con esa sangre mágica de fuego, la espada se enciende en llamas y sega a sus enemigos"...

...Alauhe, empuñó la espada con ambas manos, sucediendo exactamente eso, las llamas de lúz, Aminura no podía ver por los destellos de la espada, lúz de fuego, como rayos de sol, tan brillante que era difícil evitar el haz, la lúz se veía a traves de los párpados de los ojos, aún cerrados se veía su resplandor. Aminura con un rápido movimiento trató de arrebatar la espada al rey Alauhe, pero al no lograrlo por su ceguera temporal, continuó corriendo hacia la puerta rumbo al salón principal la cual los sirvientes ya habían cerrado, pateó las puertas del salón, empujó gente y siervos, algunos de ellos también fueron cegados por la resplandeciente luz de fuego, lo increíble fue que su intensidad, no desprendía el mismo nivel de calor, por lo cual no quemaba, su jefe en mando, Deyor, lo tomó del hombro y con una seña de su brazo de arriba hacia abajo, comandó a sus guerreros atacar, para que no los siguieran mientras escapaban. **"trae a la reina Elica"**, Aminura le dijo a Deyor.

Yo me encontraba en el salón del baile con los invitados de la nobleza, los asuntos políticos se los dejaba a mi esposo Alauhe, cuando la revuelta comenzó, le comandé a mi hija e hijo que subieran a los aposentos, el estallido de las dos puertas del comedor abriéndose bruscamente y la bola de luz cegadora me detuvieron en el centro del salón, escuché al rey Aminura, dirigirse a su secuaz y pronunciar mi nombre, momentos después sentí una mano apretar mi brazo en el área de la muñeca, era Deyor, este comenzó a jalarme para con ellos, uno de mis viejos sirvientes me defendió, propinándole un golpe seco en el rostro con un candelabro de plata, lastimando el ojo derecho a Deyor, el me soltó de repente por el golpe, llevándose ambas manos al rostro, levantó su cara hacia el anciano con una rabia enfermiza, una de esas miradas que no son fácil de olvidar, sus ojos no solo llenos de odio, sino de ira mortal, saco de su cinturón una daga para asesinar al sirviente.

La reina Elica corrió hacia su amado para pedirle socorro, más los guerreros de Aminura daban cuenta de los invitados, espadas zumbaban sus bordes sangrientamente en el espacio del salón, hilos intermitentes de sangre coloreaban las paredes y los pisos, las piezas de arte, alfombras, esculturas y columnas, recibían golpes torpes, desgarrándolas, la mesa del banquete alrededor del salón, cobijaban los cuerpos que en ellas caían de los reyes y nobles invitados, una fila de guardias se abría paso entre invitados que trataban escapar de la vil masacre, pero los Aminuritas los recibían con flechas negras. Ví mi camino obstaculizado y decidí subir las escaleras llegando a mi dormitorio, el aposento real, lo primero que se me vino a la mente fue buscar a mis hijos, encontrarlos era una prioridad, les recomendé esconderse para protegerse hasta que los Aminuritas se fueran.

"Cierren las puertas del castillo!" grito el rey Alauhe.

Los guerreros Acurianos comenzaron a salir por todos los flancos, comenzando a cerrar, puertas y ventanales, impidiendo la salida de varios invitados, que al ver esto, algunos se escondiéron bajo las mesas, se protegieron con bancos y sillas, las mujeres atrás de sus parejas, los sirvientes atrás de la guardia Acuriana.

Algunos guerreros Aminuritas se enfrentaron en la entrada principal derrotándolos y abrieron el paso para que el rey Aminura y Deyor, escaparan, un grupo de sus guerreros siguieron combatiendo mientras estos montaban en sus caballos, a todo galope dejaban el lugar, dejando charcos de sangre, dolor y muerte en el castillo del rey Alauhe, olvidando así el tratado de paz que se intentaba establecer al firmar un pacto en la piel de un venado, tal vez no sucedería por ahora.

Con el rostro destruido por la pena de tanta gente muerta, abracé a mi hija Dersis, en llanto, con miedo, con las emociones revueltas, nos percatamos que Ir, no se encontraba con nosotras, empezando a alterarme otra vez, le pregunté a Dersis, **"hija, dónde está Ir?"**, ella lloraba con continuidad, pausando por momentos mientras miraba alrededor de nosotros, también se percató que su pequeño hermano no estaba en el cuarto con nosotras, respondiéndole a su madre, **"no sé, mamá, no sé"**.

Pensando en que probablemente estaría aún en el salón principal, sólo o mejor dicho con los rufianes que nos atacaron y que pudieron lastimarlo, peor aún matarlo, agarre a Dersis de los brazos, con las lagrimas inundando mis ojos, la miré fijamente y le ordené quedarse en la recámara para poder ir en busca de su hermano, **"Dersis, no te muevas de aquí, voy a buscar a tu hermano"**, Dersis imitó mis previas acciones y ahora fue ella quien me agarró de los brazos asustada, con un pavor fuerte pintado en su rostro, **"mamá no me dejes sola, te lo pido, no me dejes sola"**.

Su agarre era tan fuerte como su súplica que no pude negarme, **"esta bien, vamos, pero quédate cerca de mi"**. Ambas se levantaron de suelo, Dersis volteó a la puerta de la alcoba imaginándose lo que podía o no estar detrás de ella, el ataque de los Aminuritas era constante, tan constante que se oían los gritos, los golpes, las pisadas de los Aminuritas matando a los guardias del castillo subiendo por las escaleras, se oía tan cerca que podían estar literalmente detrás de la puerta de la alcoba, esos sucios Aminuritas querían llegar hasta nosotras a toda costa. Al llegar a la puerta en vez de abrirla, me vi obligada a fortalecerla con una enorme tabla que colocamos Dersis y yo atravesada.

Mis oraciones fueron escuchadas cuando el mismo Alauhe, mi esposo con 2 reyes más, sus aliados, defendieron la entrada de la alcoba donde nos encontrábamos, el corte fino de la espada de uno de los reyes, trazó su camino del cuello al brazo del Aminurita más violento, otro Aminurita saltó con sus dos espadas para vengarse de su compatriota, pero el otro rey lo ensartó en el aire sin recibir daño alguno cuando este movía sus espadas, su cuerpo se elevó aún más al ser aventado por las escaleras por el rey.

Al matar a los Aminuritas el rey Alauhe, se acercó a la puerta de la alcoba, quiso abrirla, pero no pudo, **"mi amor, están ahí?"**, preguntó Alauhe.

Elica y Dersis, ambas suspiramos de alivio al escuchar la voz, rápidamente como habíamos colocado la tabla, la quitamos, le permitimos el acceso y lo abrazamos fuertemente, vi que no estaba herido y que su compañía de reyes realmente nos habían salvado, el rey Milet y On, eran hermanos de sangre, cada uno había crecido en reinos separados, eran hijos de sangre de una alianza materna, uno vivió con la mamá y el otro con el padre cuando se separaron, algo muy raro en estos tiempos, pero su padre había decidido vivir una vida destrampada, una vida sin límites, lo cual su madre era todo lo contrario, ella fue muy bien educada, lo que le encantó a su padre, pero su madre quizo cambiar a su esposo, más él en su desorden vivía feliz, por esa razón dejó su castillo su reino, conquistó nuevos lugares en los que alzó su castillo, un castillo tan espectacular que todos consideraban impenetrable, lo había llamado **"El Cielo"**, años alejados de sus hijos, volvió por ellos y su esposa, la madre de ellos murió de una rara enfermedad, Milet se encargó de ella en su mal estar, fue instruido y aconsejado por su madre hasta el día de su muerte, creí haber escuchado que Milet culpaba a su padre de la muerte de su madre, su enfermedad empezó después de su partida, On era el pequeño de los dos, sufrió la muerte de su madre, en silencio durante las noches, lloró a su madre, no la quería perder, le hacía mucha falta, veía como ella aconsejaba a los dos, pero su edad no le permitía entender y retener toda la información, al llegar su padre por ellos, fue él quien lo recibió con un abrazo de oso, tan

fuerte que no se separó de su padre hasta haber sacado todas sus lágrimas, hasta vaciar sus ojos en su padre, en cambio Milet, lo recibió, lo enfrento, le exigió alguna explicación razonable de su abandono, al final no le interesó lo que su padre tuviese que decir y le pidió que se retirara de su castillo, su padre, por más que intentó dar su punto de vista en sus explicaciones, era interrumpido constantemente,
al final le deseo buena ventura, dando la vuelta para regresar por donde había entrado, On lo alcanzó pidiéndole que le permitiera ir con él, Milet se sorprendió pero no le impidió irse, su padre accede dio y ambos partieron a su reino, al **"Castillo del Cielo".**

Su cercanía con el rey Alauhe remontaba a sus 8 años de edad, cuando el padre del rey Alauhe, Carrillo, lo llevó al basto paraje de las **"Encontradas",** (nombre dado a una isla dentro de un lago, en el centro de tierra firme, la cual también escondía otras 3 islas de 3 tamaños diferentes, cada una era habitada, por jóvenes maestros que eran preparados para perseguir su futuro, como llamaríamos ahora a nuestros sueños...

...La Encontrada Chica. Servía para recibir a los nuevos niños y niñas, tenían dos diferentes oficios para ellos o ellas, de acuerdo a su atributo físico se les designaba uno de esos oficios, Campo o Guerra.

La Encontrada Mediana. Servía para preparar a los niños y niñas de campo y especializarlos en herbolaria, botánica, biología, etc, ahí se hallaban las gemelas de Luz y Agua.

La encontrada Grande. Servía para preparar a los niños y a las niñas en el arte de la guerra, ya que era la isla más peligrosa, donde se creía aún habitaban animales o mejor dicho monstruos mitológicos, entre estos el **"Cowoko"** un ser indescriptible, nadie lo había visto, pero se contaba por generaciones, en nocturnas ocasiones, para fortalecer a los niños y niñas o asustarles: "se escuchan fuertes lamentos, no se sabe si es humano, animal o realmente un monstruo, tal vez combinación de todos ellos".

Entrando a la habitación real, el rey Alauhe encontró a su amada Elica, a su hija, Dersis, en la habitación, él llevaba consigo a su hijo Ir.

"Oh! Mis amores, están bien?", les pregunté. Vi que Alauhe e Ir no mostraban ningún tipo de herida o algún dolor visible, se me alegró el corazón que toda mi familia se hallaba bien, nuestros sirvientes, guardias y personal nos habían protegido de aquella masacre, le pedí a mi esposo que viera por los heridos en el salón, mientras me encargaba de tranquilizar a nuestros hijos.

Alauhe me dió un devorador beso enfrente de nuestros hijos y de los 2 reyes, sus guardias personales llegaron a la habitación, observaron que todo estaba bajo control, volvieron sus espadas ensangrentadas a sus fundas.

Todos a excepción de Dersis, Ir y yo nos quedámos en la alcoba real, Alauhe, Milet, On y sus guardias salieron de la alcoba cerrándola, detrás de la puerta alcance escuchar a mi esposo ordenar a los dos hermanos prepararse para alcanzar al rey Aminura, también pidió a sus guardias llevarnos algún medicamento para el susto. Después levantar guardia en la puerta de la alcoba, salón y entrada del castillo, hasta que todo el castillo estuviese protegido, los cuerpos preparados para ser enviados a sus familias y los salones del castillo sean limpiados en su totalidad.

Regresé con los niños que al igual que yo estábamos pasando por un ataque de nervios, Dersis estaba muy pálida, sin color en el rostro, sus ojos rojos, no dejaban de producir lágrimas, le acaricié su cabello, al sentarme en la cama al lado de ella, extendí mi otro brazo para hacer venir a Ir, el se hallaba sentado en una de las dos sillas, cerca de un escritorio donde su papá y el escritor de mandatos Vatú, se sentaban todas las mañanas para tomar notas de los nuevos pensamientos del rey, un tipo de escrito diario que con la ayuda del escritor, podían volverse mandatos para el pueblo.

Me percaté que esa mañana por ser un día especial, Vatú no visitó al rey, curiosamente tampoco lo ví en el salón principal o en el comedor real al momento de la reunión entre los reyes, era una cena muy importante para el tratado de paz de mi esposo Alauhe, los otros reyes llevaron a sus comensales, pero no estaba Vatú, **"qué habría sido de él?"**, su pluma para escribir está en el escritorio.

Vatú tenía una pluma especial que utilizaba siempre, una pluma de un azulejo, un ave verdaderamente hermosa, Vatú la había estilizado en su punta con un hilo dorado, su frasco de tinta negra, lo había mandado a obtener de unas tierras de comerciantes lejanos, era muy conocido como mensajero del rey y duro comerciante, la tinta era de una mezcla de ceniza de madera con piedra volcánica sumamente pulverizada a la cual se le añadía un líquido negro muy espeso y pegajoso que sólo se hallaba en la región cercana a la Montaña de las fieras, los que la vendían, decían que salía de un hoyo muy profundo, que en ocasiones no se podía recoger por que se encontraba en llamas, escupía el líquido por varios días sin parar, hasta que dejaba de estar en llamas los comerciantes la recogían por montones en jarrones.

CAPÍTULO 3

REY ALAUHE

Me había levantado emosionado ese día por el evento que no noté la hoja de papel sobre mi escritorio teñido en sangre con la escritura de Vatú, temprano por las mañanas mi guardia permitía su acceso a mi aposento para empezar el día con la rutina de escribir mis pensamientos, describirle mis más vívidos sueños y descifrar cuál había sido el mensaje oculto que guiaría el rumbo de mi día, o mejor dicho de mi vida.

Esa mañana no se presentó, lo había mandado semanas atrás para dejar las invitaciones personalmente, me pareció un acto de respeto que mi escritor y consejero personal, llevara las cartas, esto les daría más confianza a los otros reyes, su presencia en el evento seria de total necesidad, cada uno de ellos traería a sus escoltas personales, familias y consejeros, era de suma importancia la comunión con cada uno de los que participarían en la reunión de paz, así dejarían en claro que estaban de acuerdo con las cláusulas y ser parte de un próspero futuro juntos; habían
otros reinos, territorios y pueblos que fueron invitados, pero no deseaban ser parte del acuerdo de paz, sino en su objeción apoderarse de más territorios para gobernar, uno de los peores fue el rey Aminura, su legado de destrucción, miedo, odio y muerte era muy conocido por todos los que ya habían aceptado participar en el evento.

Una de mis jóvenes sirvientes entro a la alcoba, trayendo consigo una jarra de agua fresca, acercó un cazo de metal, una tela y un manojo de pétalos de rosas, las que le gustaba mucho a mi esposa Elica, lleve mis manos sobre el cazo, la sirvienta vertía el agua en ellas, tome los pétalos y los froté en mi rostro, manos, bajo mis brazos, la sirvienta después tomó la tela y seco mi cuerpo. Elica se levantó, su desnudez acariciada por la tela fina de su fondo para dormir, liso, suave, transparente, me dejaba ver su hermosos contornos femeninos, desde su cuello hasta sus tobillos.

Mi amada le ordenó a la joven sirvienta llamar a las otras mujeres para que le ayudaran a prepararse, cuando salió del aposento, me acerque a Elica, le acaricié el rostro diciéndole lo hermosa que es, le besé los labios al mismo tiempo que ella comenzaba a abrazarme y jalarme a la cama para caer encima de ella, fue un rápido jugueteo de ambos, nos seguíamos besando y acariciando, hasta ser interrumpidos por las sirvientas que preparadas con el desayuno, lo sirvieron en el balcón de nuestra recámara, me arropé el cuerpo desnudo con un batón rojo hermoso, regalo de mi esposa, ella se introdujo en la tina de mármol, para ser bañada por sus sirvientas, cada una de sus cuatro sirvientas, tallaban, enjuagaban, lavaban, perfumaban, limpiaban, secaban, vestían su cuerpo para dejarla más hermosa ante mi presencia, desayunamos juntos los platillos que siempre eran muy bondadosos, las frutas cortadas esa mañana eran mis favoritas, la Paina, era el platillo suculento de mi esposa, arroz revuelto con huevo y trozos de carne, cubierto de un jugo rojizo, sal y algunas hojas cocidas, sobre el queso derretido.

Durante nuestro almuerzo le platiqué de mis planes de reunificar los imperios, que según Vatú, casi 20 reyes estaban dispuestos a consolidar en buena fe el tratado de paz, pero más de 10, los reinos más poderosos estaban en contra y tal vez tomarían esta unión como un acto de amenaza para sus reinos, posiblemente se unirían y estarían dispuestos a tomar represalias contra este nuevo tratado o sólo atacarían por el gusto de vernos derrocados.

"Mi amor, lo que halla de pasar, pasará", comentó Elica.

Me sorprendía su sencilla forma de ver todo, cuando yo en cambio, me enredaba en un mar de posibilidades, **"tienes mucha razón"**, le respondí, **"alistaré todo para el evento, lo celebraremos en el palacio, te pido que todos se vistan con las prendas que les traje, fueron regalos de nuestros invitados"**, terminé diciéndole a Elica.

"Claro que si, mi rey, Dersis e Ir, estarán irreconocibles"...

,

...los dos reyes se me acercaron, comentándome de forma no escandalosa: **"Alauhe permíteme encargarme de alistar todo para perseguir a Aminura"**, dijo On. **"Adelante, te alcanzo en un instante"**, respondí.

On bajó las escaleras dejándonos a Milet y a mi, discutiendo el plan para por una vez por todas, darle fin a la tiranía de Aminura.

On se dirigió a su primero en mando, los movilizó llegando a formar un grupo de 50 armados a caballo, dejando dos de ellos para mi y el rey Milet. En camino a la entrada del castillo, me volteé a ver al rey Milet, el se detuvo inmediatamente enfrente de mi, como presintiendo que le tenía una tarea especial, un mandato o decreto importante para ejecutar. **"Hay algo que pueda hacer por usted, rey Alauhe"**, me preguntó con un rostro frío de expresión y seguro de acción. **"Si, Milet, voy a ir y atrapar a ese asesino, te pido lleves a mi esposa e hijos a tu castillo! Cuídalos, protégelos hasta mi regreso"**. Le pedí un favor especial, un favor que sólo se podía pagar con la confianza pura de otro favor.

Milet tenía su reino del lado opuesto al reino de Valsix casa de los Aminuritas. **"Claro Que si, preparé todo para que salgamos lo antes posible"**, respondió Milet.

La reina Elica había notado en mi rostro, la viva imagen de mi corazón herido, un corazón lleno de sangre inocente derramada en el suelo de mi palacio, en los premios de sus devastadoras batallas, batallas que sólo sirvieron para marcar con sangre los límites del reino, cada hombre, mujer, niño, niña, anciano que falleció en los campos de las batallas, habían sido cremados en campos comunes, ahora eran campos donde habitaban los comunes de reino, de qué había servido todas esas batallas?, si el único resultó de todo eso fue tener más tierra que nadie vivía, sólo mi reino se expandía, obtuve mucha riqueza la cual ya no brillaba por la pequeña capa de polvo acumulada sobre esos tesoros arrumbados, escondidos de los ojos de todos, añejándose como mis vinos más antiguos, de qué había servido la muerte de muchos y la riqueza de pocos?, fue por eso que el tratado de paz era muy importante para mi, para mi pueblo, pero Aminura lo arruinaría todo.

Elica salió apresurada de nuestra recamara a mi encuentro, **"mi amor, déjalo ir, ahora el rey Aminura sabe que estas aliado con todos los demás reinos y no creo que sea capaz de atacar, quiero que te quedes aquí, protege el castillo, atendamos a los heridos juntos, por Aminura no te preocupes"**, suplicó. Reina mia, tu siempre tan buena, tan misericordiosa, tan atenta con los demás, inocente pero a la vez fuerte, fácil de perdonar, astuta e inteligente, se que estás preocupada por mí, como yo por tí y nuestros hijos, pero no puedo permitir que esto quede así, tengo que salir, capturarlo, arrastrarlo de donde se esconda para hacerle pagar por cada una de las muertes que ha ocasionado, por mi honor y el de mi padre Carrillo, Aminura sufrirá más de lo que alguna vez se halla imaginado".

Elica me miró a los ojos sabiendo que lo que estaba preparando no era, una simple captura, sino una cacería sin fin, nunca había visto en mi tanta determinación por destruir un peligro para todos, tal vez por que nunca habíamos tenido uno tan cerca, este peligro dejaría de existir cuando trajera su cabeza en un costal, fue ella misma quien le dijo a Milet que no se preocupara de llevarlos a su castillo, que se quedaría aquí, ayudando a los heridos, ayudando a nuestros invitados, nuestros nuevos aliados para que regresen con bien a sus lugares de origen, ya se planearía otra reunión con más seguridad y con más eficacia.

"Claro que si mi reina, si asi lo dispone, así será", hablando Milet.

Colocándome la armadura y sus protecciones ayudado por mis sirvientes, Milet se dirigió a mi avanzando con rapidez, sabiendo que me tomaria un momento, fue al atrio del castillo para ensillar se en su caballo, su escolta le facilitó sus armas, escudo, su casco, sus portadores de agua y víveres, por si el viaje se tornaba largo. No podía estar más de acuerdo por lo que mi esposa Elica había hablado, nuestra gente era lo más primordial en tod lo sucedido, ella estaba asustada, nerviosa, pero seguía fuerte como un roble, no quería demostrar debilidad ante nuestros hijos.

Al terminar de prepararme, fui con todo en grupo de escolta que estaría en el castillo, les dejé órdenes muy estrictas de cubrir cada entrada, cada torre, de preparar armas, de alistar cada soldado del castillo y de los alrededores, quería que cada hombre y joven fuerte estuviera alerta ante cualquier grande o insignificante ataque que se pudiese llevar a cabo ante mi ausencia.

Todo había quedado dispuesto, pero no escrito para los anales de las futuras generaciones, dónde estaba Vatú?.

CAPÍTULO 4

SAMEL, EL VIEJO SIRVIENTE

La reina Elica bajo las escaleras hasta la base de ellas en el salón principal, comenzó a llamar a todos sur sirvientes del castillo, **"por favor comiencen ayudar a los invitados, si alguno de ellos están mal heridos, llevarlos con los curanderos, sacar los cuerpos de los fallecidos, cubrirlos con manteles negros"**, al darse cuenta de que también la servidumbre se hallaba aún en asombro, decidió dar inicio a lo que había comandado ella misma, dando su ejemplo, dejando atrás todo glamour, tomó los brazos de algunos niños, para separarlos de los cuerpos fallecidos de sus padres, entre esos brazos, en los primeros peldaños de la escalera, se hallaba el cuerpo inerte de su querido consejero, su jefe de servicio, el amo de llaves, este puesto se lo había ganado por años de su fiel servicio al rey Carrillo, aún llevaba en su dedo índice, de la mano derecha el anillo de oro con la insignia real, lo que le otorgaba poder sobre los mismos sirvientes.

Después de la muerte del progenitor, la reina Elica lo considero como un padre, el cariño y la atención que le brindó en su infancia fue única, se compararía a la de un verdadero padre.

Samel había llegado al reino como esclavo de guerra, sirvió en los campos de cultivo de niño, al crecer, también trabajo en la región del cañón, un área árida, seca, rocosa, muy dura para un niño o joven de su edad, conejos, perros, alguna que otra ardilla, venados, etc. cualquier animal que se encontrara en los campos abiertos para jugar con ellos, esto le recordó a Samel cuando una de tantas noches la familia real salió dejando a la pequeña princesa Elica sola en aquel momento, por un capricho de la princesa, sin saber que, aquel capricho le salvaría la vida, por que su familia, todos, incluyendo los sirvientes del rey y la reina fallecerian al atravesar la montaña de las fieras, lugar en aquellos años que no había sido explorado, del cual no se teñía información como ahora.

La pequeña Elica, al recibir la noticia se sintió destruida, atento contra su vida más de dos ocasiones, fallando estas, al tercer intento, Samel la rescato de caer al vacío de lo alto de una de las torres, Samel se preocupaba por ella de una manera muy personal, era solo una niña desilusionada de la vida, la vida le había dado todo, pero le quito lo que más quería.

Samel al abrir la puerta volteó al ventanal que estaba abierto de par en par, se veía el balcón y la princesa Elica arriba, contemplando su intento de suicidio, corrió hasta alcanzarla antes de que intentase saltar al vacío, jaló del brazo derecho a Elica tirándola hacia abajo, hacia dentro del cuarto en la torre, con voz suave le dijo: **"entiendo por lo que estás pasando, yo también perdí a mis padres y hermanos,** desde hace mucho tiempo atrás, hace muchos años, pudo superarla, de ahí sacaban las rocas para construir las nuevas secciones del castillo, puentes y también murallas del reino de Mahí.

A la edad de 15 años, Samel superaba por mucho a los jóvenes de su misma edad, su guardia encargado, lo separó y lo tomó como su aprendiz, le enseñó números, escritura, lectura, administración de bienes, producción, el arte de comercializar, hasta convertirlo en su más confiado sirviente, en sus años mozos, Samel llego a una casa real por parte de su patrocinador el cual a parte de ser ya viejo, se enfermó de gravedad, dejando a su esposa sola después de su partida, Samel llevaba una deuda grande para con ellos, les produjo hasta pagar su libertad, los cuidó, los respeto hasta que llegó su hora de partir, nunca les dio queja o problema alguno, sus dueños vivieron complacidos por su dedicación y entrega, lo tomaron como un hijo que nunca tuvieron, lo que más le extraño a Samel, fue la rara enfermedad de su amo.

Samel había defendido a la reina Elica del ataque de Deyor esa triste tarde. Samel se encargaba de llevar las llaves del Castillo, un cargo de alto rango y prestigio, aunque ya había pagado su libertad el continuo sirviendo en el castillo, su cargo secundario era el de cuidar a los dos hijos del rey Alauhe y la reina Elica.

Durante la primavera y el veranos la princesa Dersis salía mucho en la noche a recorrer los campos de flores alrededor del castillo, el joven Ir le encantaba correr y jugar con las mascotas, llegue como esclavo y como sabrás, la vida de un esclavo es muy limitante, pero me supere aún con un vacío en mi corazón por no saber de mi familia, más el destino me ha llevado a encontrar un propósito y siento que ese propósito de vida eres tu, Elica".

Elica respondió: "sólo quiero ver a mi familia, no quiero estar sola".

Samel: "No estás sola, yo te cuidaré y protegeré, tus padres estarían muy tristes si te vieran y encontraran tratando de atentar contra tu vida".

Elica: "creo que tienes razón, no quiero desilusionar a mis padres por ninguna razón".

Ayudándole a levantarse cerca del balcón, ambos nos abrazamos, la acompañe a salir de la recámara, aún en la puerta se encontraban los guardias pero ninguno se imaginaba de la situación en el interior, por que ninguno hacía más de lo que se les ordenaba, cuidaban del recinto, pero no de sus habitantes.

Bajamos por las escaleras, ambos felices de que hubiese acabado todo, llegamos justo hasta toparnos con el consejero real, al vernos juntos y yo con mi brazo sobre el hombro de la princesa Elica, y está llorando, el consejero grito: "**guardias!, guardias!**," gritó fuerte para llamar a los guardias del castillo, al mismo tiempo deslicé mi brazo alejándolo del hombro de la princesa, me di cuenta que ese pudo haber sido el mal entendido, al ver la reacción del consejero se apresuró a detenerme, a inmovilizarme, le aseguré que mi intención para con la princesa era de que estuviera, sana y salva, que no la lastimaran y que no se lastimara ella misma, en ese momento de disturbio, todos estaban llenos de sus pensamientos y emociones, las reacciones fueron más fuerte que las verdaderas explicaciones dadas por el sirviente Samel y la pequeña princesa Elica.

La princesa Elica, con un fuerte tono de voz hacia los guardias, les ordenó detenerse, compartió la versión de lo que había acontecido, confirmó que la había ayudado y rescatado, que ni sus guardias personales, se habían dado cuenta de su atentado, los guardias se apresuraron a desencadenar a Samel, luego escucharon la explicación de la princesa sintiéndose, tontos, torpes, cielos por lo que le estaban haciendo a Samel, no sabían que responder a lo que ya se había explicado; el consejero de la reina les cuestionó:

porqué tenía su brazo sobre su hombro?, esa falta se paga con la muerte. La princesa furiosa le preguntó de forma autoritaria, **"quien eres tu para poner en juicio de duda mi persona?, lo que hemos dicho es la verdad y te prohíbo que nos juzgues como otra cosa que no sea tu superior, ahora, dejadlo ir"**. El consejero deseando reparar su falta hacia el sirviente Samel, ordenó a los guardias aceptar el mandato de la princesa Elica, les exigió nombrar a Samel su guardia personal. **"les ordenó que ejecuten esta orden, el no es ninguna mala persona y además el fue quien me mostró que hay más por que luchar, terminó explicando la princesa"**.

Con el tiempo, el consejo del viejo Samel llevó a la princesa Elica a un nivel de entendimiento muy elevado, de ser una jovencita, suave, cariñosa, tierna, intrépida a una joven mujer sabia, audaz, fuerte de carácter, soñadora, visionaria, hermosa. Todo esto fue gracias al verdadero placer de padre que tuvo Samel para con la princesa, el jamas pudo tener hijos por su nivel social el cual lo mantuvo de lleno al servicio del castillo, el respeto ganado por todos los sirvientes le permitió tener las llaves de todo el castillo, fue el conserje principal, lo dió todo a la corona, hasta el día de su muerte, ese mismo día que dió su vida por salvar a su pequeña Elica como el acostumbraba llamarla, ese día que dió su vida por darme un día más a mí.

La reina Elica se sentó en el suelo, con profundas lágrimas de dolor, de amor infantil, de juventud controlada por buenas emociones hacía su querido sirviente, tomó con una de sus manos la cabeza de Samel, lo consideró como su fiel amigo, sus ojos se nublaron con la inimesurable cantidad de lágrimas sinceras surcando sus mejillas, un amor hacía un padre, amigo, confidente, ser de lúz que dió su vida en todos los sentidos hacía mí, en sozollos pronuncié su nombre por última vez... **"...adiós, mi viejo amigo Samel"**.

Las vasijas, platos, decoraciones del comedor fueron levantados por los sirvientes, el Rey Milet, se acercó a la reina Elica para darle sus condolencias.

"Lo siento mucho, reina Elica, estoy a su disposición si necesita algo de inmediato".

Le contesté: **"gracias, Rey Milet, pero en este momento le pido dar de corazón su asistencia a las víctimas, es muy difícil para mí hacerme cargo de todo, teniendo una pérdida tan cercana como la muerte de mi querido amigo Samel".**

"Será como usted ordene mi reina, entiendo su dolor", respondió Milet.

Al alejarse de mí, vi como el rey Milet, ordenó a todos sus sirvientes y a los de mi esposo dar atención médica a todos los heridos, remover los cadaveres del precinto, clasificarlos por quienes eran y de que reino venían, los de casa serían sepultados, los invitados fallecidos serían preparados para ser transportados de regreso a sus familias, llevándoles una cantidad de preseas para que fueran bien recibidos, varios carruajes se fueron preparando con listones y telas negras, destapados en la parte de atrás para llevar la mayor cantidad de víctimas, también respondiendo a su respectivo reino, las carrozas funebres empezaron a colocarse en fila delante de la entrada del castillo, cada cochero recibió instrucciones de manejar a los reinos y dejar a los invitados con sus familiares, darles parte de las preseas y continuar hasta que todos hubiesen sido recibidos, uno a uno las carrozas partieron, no había forma de saber que les depararía a cada cochero, algunos reinos habían puesto pretextos para no acudir a la reunión de paz que había invocado mi esposo Alauhe, con este resultado las cosas se pondrían aún peor entre nuestros reinos, la confianza, las alianzas, los tratados pendían de un hilo muy fino que podría romperse con lo ya acontecido.

Vi a mi esposo salir con varios de sus soldados, él en su carroza de madera álamo gruesa, con dos cocheros arreando a los caballos, grandes y fuertes ejemplares, en la parte trasera del carruaje había un baúl de enorme tamaño, cubría la parte posterior del carruaje de lado a lado, colgaba parcialmente y llegaba a la mitad de su parte posterior. Muchos de los emblemas y motivos pintados en oro, reflejaban los rayos del sol, cegando a los que vieran el carruaje por su fuerte luminosidad, arriba del baúl, había un banco alargado como la de los cocheros en esa parte se sentaban los guardias...

...algunos de los reyes partieron a sus reinos y castillos, nobles con sus carruajes avanzaron a los bastos caminos de las cuatro direcciones, mis múltiples sirvientes ayudaron a mucha gente a llegar a sus casas en los alrededores de Mahí, mientras tanto yo y mi familia nos preparamos para dar de forma oficial entierro a Samel, en un espacio especial en mi jardín de rosas multi colores, depositaron su cuerpo, no le dejaba de llorar, sus enseñanzas, su cariño, su respeto hacía mí y mis hijos, su protección me hacían recordarlo constantemente, como el siempre fue en nuestras vidas, constante.

Dejé ordenes de que le construyeran un mausoleo, que posteriormente depositaran su cuerpo en el interior y que se erigiera una estatua de él en la cúpula del mausoleo.

De tantas actividades no me percaté que Ir no se encontraba conmigo, razón por la cual lo mandé a llamar con un séquito de sirvientas, por horas le buscaron por todo el castillo, por dentro y por fuera, su ausencia me comenzó a intrigar, recordé haberlo visto con nosotras en el dormitorio, pero Dersis, se encontraba cerca de mí y ya tenía tiempo de ello desde que comenzamos los preparativos del entierro de Samel, **"hija, por que no vas a la recámara a buscar a tu hermano, me preocupa que no lo veamos o que aún se halle asustado"**, le comande a Dersis.

"Si mamá, voy a buscarle", respondió Dersis. Dersis partió del jardín rumbo a la recámara real, tuvo que rodear el castillo para ingresar al vestíbulo y luego a la sala principal, en ese caminar a distancia logró ver el carruaje de su padre alejarse a gran velocidad, sabía que se dirigía al encuentro del rey Aminura.

Al llegar a la alcoba no había rastro alguno de Ir, volvió con su madre a la cual le dijo: **"mamá, Ir no se encuentra en la recámara, ni en ninguno de los cuartos del castillo"**, al mismo tiempo, llegaron las sirvientas con la misma respuesta: **"mi reina, el príncipe Ir no se encuentra en el castillo o en los alrededores"**, en ese momento no quedó duda, Ir ya no se encontraba en el castillo.

CAPÍTULO 5

REY ALAUHE
LA IRA

Su coraje era evidente por como todo había terminado, se sentía loco, perturbado, frustrado, su ira la acumulaba para descargarla contra el único causante de su mayor error en la vida, el rey Aminura.

Después de haber dejado a Dersis, Ir y Elica en la alcoba, fijé mi mirada en el escritorio, donde una nota con sangre dejaba entre cortado el nombre de Aminura, seguro una nota dejada por mi escritor Vatú, que en esa mañana no apareció por ningún lado, no apareció, durante el desayuno, la comida, la reunión de paz o el ataque, qué habría sido de él?, dónde se había metido?, sabía que de haber visto la hoja de papel ensangrentada antes de la reunión, hubiera adivinado lo que acontecería en la reunión de paz, más la ilusión de traer paz a los reinos esa mañana, me cegó de alegría.

Mi pregunta fue contestada por mis corazonadas, como dicen los dichos; duda y acertarás, estaría Vatú vivo?, **"no lo creo, ese maldito de Aminura de seguro lo mató antes de enviar la carta, tendré que averiguarlo antes de darle muerte"**, me pregunté a mi mismo.

Los caballos galopaban a todo lo que daban, quería alcanzarlo lo más pronto posible, nos llevaban varias horas de ventaja, la mayor parte del camino que tomó era un vasto llano que nos permitiría verlo a una larga distancia, sin embargo, el podría vernos también, la ira que creció en mi fue tanta que me forzaba a arremeter los lazos que sostenía en mis manos, no sabía cuánto esfuerzo podrían estos animales aguantar, pero deseaba que tuvieran las suficientes fuerzas para darles alcance.

El Rey On se mantenía a mi lado, movilizando al ejército con sus brazos, el rastreador a la cabeza de todo nuestro movimiento mostraba el camino a seguir, el campo abierto con muy baja vegetación le mostraba las marcas dejadas por los caballos del ejército de Aminura, a lo lejos la nube de tierra mezclada con los rayos del atardecer nos mandaba señales de un posible atardecer sangriento, darle alcance nos pondría en posición de matar a todos sus secuaces y de aprisionar a Aminura, me di cuenta que mi ira solo seguía alimentando mi odio a ese desgraciado ser, no me voy a permitir cometer el mismo error dos veces, tendré que darle un buen escarmiento a su gente y dejarles un ejemplo con la tortura, encarcelamiento y muerte de Aminura.

Aceleré el paso, estos animales me sorprendieron con su vitalidad, debería asemejarles, utilizaría mi ira como catalizador, eso también alimentaría la fuerza a mi ejército que me seguía de cerca, On el más joven de los hermanos, pero el más experto con la espada, lanza y una nueva arma que los babilónicos habían inventado, el arco y la flecha, llevábamos a todos nuestros soldados emblemáticamente ataviados, reconocidos por los trajes que llevaban puestos, ya que eran trajes de gala para la protección de la realeza, con ellos también se habían utilizado trajes especiales para el evento de paz. Más adelante la nube de polvo se empezaba a discipar al acercarse a las tierras altas, donde el suelo estaría más compacto y húmedo, varias elevaciones con montañas se veían en lo extenso del borde de la meseta. On se me acercó: **"se están escondiendo en las montañas, debemos apresurarnos antes de que anochezca o nos veremos en aprietos, nos pueden emboscar"**, por el fuerte cabalgar de los caballos me comentó a gritos.

Le confirmé con la cabeza, **"si, hay que seguir, los alcanzarémos antes de que se adentren en la zona alta"**. Le respondí.

Los caballos ya mostraban señales de cansancio, mantener el mismo ritmo de galopeo era brutal, poco a poco, los caballos bajaban su velocidad, el peso en sus espaldas, los soldados con las pesadas armaduras, armas, escudos, les estaba costando caro a nuestro ejercito.

El Capitan de los soldados de On, se acercó a él comentándole a gritos: **"mi rey, los caballos no pueden seguir a esta velocidad, debemos de disminuir la velocidad, tenemos que descansarlos, de lo contrario, se pueden morir de un infarto"**.

El rey On sabía que su capitán tenía razón, ordenó al ejército disminuir la velocidad y el mismo On me alcanzó para darme la noticia, **"los caballos están exhaustos"**, el ejército disminuyó su velocidad. **"Esta bien"**, le respondí, comencé a desacelerar, rodié el área para asegurarme de nuestra posición y de la condición de los animales, asegurarme de que Aminura todavía estaba en la mira, lo alcancé a mirar al final de la meseta, cerca de la entrada de la zona montañosa, pero donde nos detuvimos para darle agua a los caballos, el rastreador nos comentó que habían rastros hacía dos diferentes partes, **"se debieron dividir en dos grupos, no estoy seguro en cual de ellos se fue el rey Aminura"**, al final ese cobarde estaría logrando escabullirse de nuestra persecución, era algo que no me permitiría por ningún motivo, nuevamente mi ira me dictaba, **"divide tu grupo también, persigue los dos bandos, en alguno se encontrará él, en el que esté no importaría, lo que importa es aprehenderlo, lo importante era hallar a ese cobarde"**.

"Pudo haberse ido coni el grupo grande, para su seguridad personal", comentó On.

"Lo sé, pero creo que eso es exactamente lo que quiere que creamos", respondió Alauhe.

Mientras el resto del ejército llegaba hasta nosotros, los caballos comenzaban a descansar, bebían agua mientras sus corazones y respiración acelerada disminuía a un ritmo normal, los soldados también descansaban y tomaban agua que llevaban para beber, cada uno de ellos traía una cantinflora hecha con el estómago seco de vacas, donde se portaba una gran cantidad, para ellos y sus caballos.

Decidímos que On llevaría la mayor parte del ejército consigo para perseguir al grupo mayor, si en el se encuentra Aminura, lo capturarían para traerlo ante mi presencia, por que yo mismo lo quería ejecutar, el grupo pequeño de soldados se reunió a mi alrededor, en señal de honor, respeto, lealtad.

No desmonté de mi caballo, el coraje, la ira me mantuvo al borde de mi desesperación para apresurar las cosas, mi grupo fue el pequeño, mis soldados avanzaron rumbo a las pisadas dejadas por los caballos de nuestra presa, mientras que On ordenó a su grupo volver a montar, en ese momento nos
dimos cuenta que sería una noche larga sinolos alcanzábamos antes de que se escondieran en las montañas de las fieras.

Varias horas después, ya en el anochecer, encontramos un carruaje real que había sido hurtado por los Aminuritas, le pedí a los soldados estar alertas, mientras desmontábamos de los caballos, mirábamos a nuestro alrededor por cualquier indicio de movimiento o de algo fuera de lo normal, sacaron las espadas, escudos y arcos, un séquito me rodeó con sus escudos para mi

protección, avance al carruaje sigilosamente, algunos caballo tomaron el momento para comer pasto silvestre a la orilla del camino, el jefe de los soldados movió su mano derecha con gesto militar de arriba hacia abajo, luego hacía el frente para avanzar juntos a la puerta del coche, observé una vez más el baraje oscuro, oculto que nos rodeaba, sin ruido, sin movimiento, trataba de encontrar alguna señal de vida, algún sonido o movimiento extraño que me diera una pista de mi presa. Uno de los soldados movilizó la manija del coche para abrir la puertezuela, con un jalón brusco y rápido la atrajo hacia él, elevó con el otro brazo su escudo para su propia protección, los otros soldados dieron un rápido vistazo adentro del coche sin hallar nada adentro, absolutamente nada, los asientos estaban cubiertos con una manta de seda blanca que se teñía de rojo hasta el suelo, después de abrir la puertezuela, la tinta rojiza y espesa comenzó a escurrirse fuera del coche, al levantar la manta de seda nos aseguramos que todo el espacio estuviera vacío, otro grupo de soldados subieron por enfrente del
coche donde se tiraba a los caballos para explorar el techo de este, no hallaron nada, el coche estaba sólo y los caballos sueltos por alguna parte de los campos o la montaña de las fieras.

Un soldado de alto rango se acercó para darme la noticia de que no había nadie, el coche, los caballos, soldados o guardia personal de Aminura, nadie se encontraba en el perímetro de nuestro lugar, levante mi cabeza al cielo ya estrellado, llevando mis manos al rostro, ahogando un grito de desesperación, locura e ira, baje mi rostro, le pedí al soldado apresurar la marcha para alcanzar al rey On y al grupo grande donde estaría el maldito rey Aminura.

CAPÍTULO 6

REY AMINURA

Con una copa llena de vino negro dulce en mi mano, mi mirada enrojecida de la embriaguez, veía a las mujeres Aminuritas bailar desnudas ante mi presencia, frente a mi indeseable ser, cada una de ellas eran de hermoso ver, sus rostros, sus ojos, sus manos, sus piernas, sus caderas, sus pechos, sus cuerpos jóvenes sin experiencia sexual solo se movían, no llevaban el ritmo de la música, sin compás, sus largas y bellas cabelleras bailaban mucho mejor que sus torpes cuerpos casi paralizados por el miedo de ser mis próximas escogidas de la noche.

Deyor siempre me mantenía entretenido, creo que sabía muy bien cuál sería mi reacción si me disgustaba.

"Señor, cuál va a escoger hoy?", me preguntó, sacándome de mis embriagados pensamientos de apatía.

"Quiero a la de cabello rizado, a las otras mándalas con los Ingas", le respondí.

Los Ingas eran un grupo de servidores fieles y especiales que tenia para casos o pruebas duras, serias y mortal es, estos siempre cuidaban mi espaldas por lo cual los consentía en sus placeres más bajos, a veces creía que aquellas mujeres preferían ser mis escogidas que ser enviadas como carne fresca a los animales hambrientos, los Ingas.

Los soldados apartaron a todas las mujeres de mi presencia, Deyor llevó a la doncella del cabello rizado al aposento más grande de mi castillo, el lecho era increíblemente hermoso, grandes columnas romanas, decoraciones de listones en los bordes de los arcos, vasijas de todos los tamaños, con flores de los campos de Valsix, incienso aromático en todo el interior, la tina de baño, grande de madera, mis concubinas ya preparaban el agua para un baño tipo sauna con la de cabello rizado, en algunos minutos más volvería a escuchar las súplicas de otra mujer más, de la nueva mujerzuela de cabello rizado para no hacerla parte de mi harén, creía haber deseado tener a una sola mujer, a una sola compañera, a una sola reina para toda la vida, pero jamás perdonaría que mis enemigos me arrebataran al amor de mi vida, pensando esto volví a degustar del vino.

Aquella noche que Casia fue secuestrada, torturada, violada, arrebatada de mi lado para luego ser hallada en el costado del camino de un campo, totalmente desnuda, amorotonada, casi irreconocible, fue la llama que encendió al monstruo que llevaba en mí, al encontrarla de esa manera en los campos de Takia, cerca de Valsix, mi coraje se centró en el rey Max y su pueblo; en ese momento unos leñadores con la vestimenta tradicional de los Takias, pasaban por ahí, cuando los ví, le ordené a mis soldados matarlos, mi rencor me cegó, yo también me acerqué a ellos y dí cuenta de sus vidas hasta dejarlos sin miembros, totalmente descuartizados, le ordene a Deyor traer a todo aquel que estuviese cerca del lugar, durante toda la noche me dediqué a descuartizar cuerpos y quemar a muchos de ellos aún vivos, las mujeres jóvenes fueron llevadas al castillo como esclavas, ahí empezó mi relación con el sultán Mohan Din, pues fue a él a quien se las vendía, también de él tomé la costumbre de tener mujeres para mi propio harén, fue la forma con la que me vengaría de la muerte de mi amada Casia, haciendo sufrir a las mujeres de Or, las mujeres mayores o ancianas las mandaba a latigar hasta que sus músculos y tendones estuvieran expuestos, luego las amarraban de piernas y manos, las enterraban tres terceras partes de sus cuerpos para inmovilizarlas, lo expuesto al aire libre, era cubierto de miel que había mandado a traer del castillo, cansado a la mañana siguiente mientras nos íbamos de regreso al castillo, jaurías de lobos y coyotes devoraban los cuerpos semi enterrados de las mujeres, gritaban de horror, de súplica, de agonía, de impotencia por sentir las mordidas desgarrando a tirones la piel de sus cuerpos, desgarres sangrientos de sus verdugos cuadrúpedos.

Desde ese día los enfrentamientos con el rey Max fueron constantes, me daba igual si perdía terreno o ganaba terreno, si morían mis soldados o los de él, nuevamente mi vino al llegar a temperatura del cuarto, comenzaba a amargarse, me asqueaba, embriagado en mi desánimo y ahora enfurecido por el sabor grotesco de la bebida, arroje la copa y pedí otra más fresca, mis sirvientes me atendían antes de pedirla, con mi cambio de actitud, una desobediencia, un enojo, les costaría la vida.

Mi cabeza solo giraba, mis ojos se nublaban al no poder enfocar lo que veía enfrente de mí, mis pesados párpados querían cerrarse, aún así, trate de levantarme de mi silla en lo alto del salón para ir a mi aposento, donde me esperaba la chica del cabello rizado, mi caminar torpe me hizo tropezar con algo en el suelo, no recuerdo que fue por que perdí la conciencia con la embriaguez, terminé desmayado en el suelo del salón, para alivio de todos los sirvientes.

Al día siguiente, ya tarde, mi cabeza era una campana gigantesca con el badajo del alcohol retocándola de lado a lado, Deyor llegó a mí al verme consciente y despierto, **"Mi rey, tenemos un mensajero del rey Alauhe esperándolo en el salón"**.

En ese preciso momento no me había percatado que estaba en mi cama, en mi aposento, desnudo, con la mujer del cabello rizado a mi lado cubriendo su desnudez con algunas mantas, **"espero te halla gustado"**, le exclamé con el maldito dolor de cabeza.

111

La mujer sólo asintió con la cabeza, pero en realidad no me acordaba de nada, **"señor, le esperan en el salón"**, nuevamente me recordó Deyor, su voz retumbaba en mi cabeza, dolorosamente. **"Esta bien, ya voy"**, le respondí.

Ordené que me prepararan para atender a la visita, las mujeres de mi harén, que eran muchas limpiaron mi cuerpo, lo secaron, me dieron agua burbujeante para la terrible resaca, me ataviaron y perfumaron, me colocaron parte de mi joyería habitual con las coronas que obteníamos de saqueos de otros pueblos, reinos. Al salir del cuarto Deyor ya había mandado a servir la comida
para mí y nuestro invitado.

Por su vestimenta sabía que sólo era un sirviente, un mensajero, pero resultó ser Vatú el escriba del rey Alauhe, él no enviaría a su escriba ante mi presencia de no ser que se tratase de un asunto muy serio y de suma importancia, sonriente de verlo ahí, tome mi lugar y le pregunté sobre el asunto de su presencia. **"Buenas tardes rey Aminura"**, empezó hablar al mismo tiempo que sentía su voz algo temblorosa, entrecortada, **"el rey Alauhe me encomendó darle en persona esta carta, es una invitación para que asista al igual que otros reyes a una reunión de paz y tratado de unión"**, continúe preguntando, **"así que una reunión?"**, que estaría el rey Alauhe tramando? , seamos honestos, su gente, su pueblo, su reino se había convertido en un lugar próspero, después de tener lazos de alianza con los Mesopotámicos en Babilonia, pensé, **"qué tipo de reunión está tu rey buscando con los Aminuritas?"** le pregunté. **"Está buscando unificar los reinos circunvecinos al reino de Acur o tierras vecinas a Mahí"**, respondió.

"Tu sabes que muchos reinos nos odian, no será fácil convencerlos de hacer una alianza o unión con nosotros", le expliqué.

"Rey Aminura, con todo respeto mi única razón de esta visita es entregarle la carta de invitación, los datos del acuerdo no los tengo, no se me han dado especifi....aaaaahhh!", no había terminado de hablar cuando del costado de mi silla saqué de su funda una espada, cortando de su cuerpo su cabeza, me lleve mi mano izquierda a la cabeza para remover el cabello que me cubría el rostro, vi la carta aún en su mano que se había manchado con gotas de sangre, la abrí y al ver mi nombre en ella, con la frase de PAZ escrita, me hizo enojarme aún más, rompiendo el papel, separando mi nombre en el para luego verlo como, **"...Ami..."**, le tire ese trozo de papel a Deyor, para que lo enviara de regreso a Alauhe, sabía que el papel llegaría una noche antes de la reunión.

No podía ver, Deyor me guiaba hacía la salida del castillo de Alauhe, su maldita espada mítica me había dejado ciego parcialmente, no sabía que tuviese en su poder la espada Fleir, Deyor me ayudó a montar mi caballo, le dije a Deyor momentos atrás que trajera a la reina Elica y que la metiera en mi carruaje real, decidí traerlo para aparentar tener deseos de firmar su tonto tratado de paz, alcancé a escuchar a Deyor quejarse, otros gritos se confundieron con su voz, rápido pasó a montar en su caballo al mismo tiempo que yo, tomó la guía del mío y comenzámos a cabalgar fuera del castillo velozmente, esa lúz cegadora no me permitía ver nada, comencé a formar una sonrisa malévola al recordar que la reina estaba en el carruaje, seguímos avanzando hacía las montañas,

el camino hacía allá era árido por lo que nos podían ver con facilidad si nos seguían, llegamos al borde entre la montaña y la aridez del suelo, ordené detenernos por un instante, que nos dividiéramos, que la reina en el carruaje y yo nos fuéramos con un grupo chico y el otro grupo, el más grande se fuera con Deyor, escuché a un soldado tratar de hablar, pero Deyor cortó la comunicación para hacer lo que les había ordenado, **"silencio!, habló el rey, adelante"**.

Después de varias horas, bajé del caballo, comenzó a ver mejor, la ceguera fue momentánea, si nos hubiese iluminado por más tiempo hubiéramos perdido la vista.

Al abrir el carruaje no ví a la reina Elica en su interior, **"Dónde está?, díganme dónde está la reina Elica?."** les pregunté a los soldados, **"mi rey Deyor no pudo sacar a la reina del…"**

Sin más que escuchar maté a ese soldados por las malas noticias, **"Cómo que no la sacó?"**, volví a preguntar a los soldados, se veían entre si, ninguno quería mencionar nada, mi coraje me ganó comenzando a mover mi espada como saeta para deshacerme de estos incompetentes soldados, todos corrieron al ver mi reacción, sabía que terminarían huyendo, son como las gallinas cuando no quieren ser devoradas por los perros.

Tome mi caballo para dirigirme rumbo a Deyor, tendría que darme muchas explicaciones, recordé tomar otra ruta para no encontrarme de frente con mis perseguidores.

Pasadas varias horas de galope, al llegar con el grupo grande, Deyor me recibió, llevando sobre la cabeza una banda que le tapaba el rostro, parte de la cabeza y el ojo derecho, me imaginé que los habrían atacado nuevamente el ejército de Alauhe, pero Deyor con el rostro mirando al suelo se explicó: **"quise traer a la reina Elica, pero me golpearon en el ojo y me derribaron al intentarlo, entendería si quisiera quitarme la vida, mi rey"**, me pareció lo más razonable, pero me serviría para otras acciones con Mohan Din.

"Deyor, reúneme a todos, vamos a emboscar al ejército del Rey Alauhe,", comandé.

El día ya había terminado, crear una fogata para iluminarnos en la noche sería nuestro fin, por eso decidímos andar bajo la lúz de la luna, poca lúz nos permitiría ver y ubicar a nuestros enemigos mejor, escuchámos los cásquetes de un caballo acercarse a trote lento, lográmos ver a un Alauhita, venía separado, tal vez se debiera a la oscuridad del camino, al igual que nosotros, ellos permanecían bajo la lúz de la luna, varios caballos después aparecieron, ya teniendo un número menor que el de nuestros soldados, comenzámos a atacarles, les arrojámos algunas redes a los de mayor rango, los atrapámos, a los demás, los matámos en el acto.

Entre los que atrapámos iba el rey On, **"vaya!, vaya!, vaya!, el rey On en persona"**, exclamé.

Deyor me tendió una de las dagas negras, su referencia era obvia, pero quería indagar más en cómo hacerme de su riqueza con la recompensa por dejarlo ir. **"Gracias, Deyor"**. **"De nada, mi rey, los Alauhitas sabrán a quienes se enfrentan"**, me contestó, Deyor. **"Si pero, todo a su debido tiempo, por ahora, llevarlos a Valsix"**, les ordené. 3 de sus guardias de alto mando y On fueron trasladados, los demás fueron ejecutados, **"dejadlos por el camino"**.

Al llegar al castillo un sirviente me dijo: **"señor en la sala lo espera el sultán Mohan Din, dice: que quiere hablar con usted"**.

Me apresuré a enjuagarme el cuerpo y rostro, luego le hice llamar. El sultán Mohan Din entró a mi cuarto especial, donde el vino, las mujeres, sus bellezas, la música invadía el lugar. **"Ah!, mi querido hermano Aminura, que tus años de vida se alarguen ante mi presencia"**, me dijo. **"Igualmente, Mohan, igualmente, a que debo tu oportuna visita?"**, le pregunté.

"Bueno, creo que en verdad es oportuna, ya que a mis soldados les pareció algo inusual ver a tu ejército aprendido, ser llevado a Jussian y como sabes que esas aguas están colindando con mi línea marítima, he venido en persona a darte la notocia, a verte y darte mi apoyo, a cambio de posibles arreglos en nuestro grande y próspero futuro", me ofreció su ayuda sin habérsela pedido, que extraordinaria oportunidad, pensé. **"Oh!, Mohan Din, venid y sentarte"**, le indiqué, **"traedle cojines, cobijas, vino, mujeres, sigan tocando que esto va para largo"**, les ordené a todos con alegria.

Durante toda la noche la pasámos como debíamos, somos reyes, somos sultanes, el jolgorio no permitía que tomáramos un descanso, las risas de las mujeres alegraban el lugar mientras bebíamos ese elixir de entre sus pechos, el Sultán sin comentarlo, no llegó con las manos vacías, con una señal de su mano le comando a uno de sus servientes que trajera una bebida nueva de su propia cosecha, era una bebida fuerte, ardiente, se sentía en la boca, en la lengua, en la garganta, conforme iba bajando hacia el estómago, dejó su ardor en el pecho, en minutos ya se sentía en las venas, sentí fuego en la boca, sentía llamas salir desde mi estómago, ardiendo en mi pecho expulsando el fétido olor de alcohol como efecto de dragón con sabor a cereza y moras silvestres.

Una de mis doncellas se acercó a Mohan Din, ella me miró como pidiéndome permiso para proceder, incliné mi cabeza con aceptación a lo que se proponía, la música sirvió de ambiente a su sensual baile, sus delicadas prendas comenzaron a caer al acercarse a Mohan Din, este en su efecto de dragón empezó a enloquecerse, se desprendió de su túnica real que cubría todo su cuerpo, el calor del momento le había elevado la sangre, sus manos poco a poco se acercó a la suave piel de la damisela, la comenzó acariciar de pies a cintura, deteniéndose ahí por que se hallaban los lugares ocultos que le gustaba conquistar en una mujer, ella lo apartaba con su exótico movimiento de cadera al bailar, sin mostrar odio, rencor, asco o cualquier otro tipo de emosion que la hiciera ver como que Mohan Din era indeseable, esos movimientos le hacían caer al suelo en su ya empezada embriaguez, ambos nos carcajeábamos, nos daba mucha risa, tanta, que se contagio el cuarto todos los presentes reían con nosotros, al ver que se recuperaba de la caída le daba un sorbo a su copa ahogándose en su vino, en su nueva bebida de calor, le ordené a la mujer que lo llevara a su cubículo o pieza y lo complaciera con su cuerpo, lo mismo hice yo con 3 o 4 de mis concubinas, las cuales no paraban de hacerme el sexo.

Al medio día del tercer día de la llegada de Mohan Din, nuevamente me volví a levantar con el dolor de la cabeza, ya tenía el agua burbujeante lista, mi agua ya la consideraba parte del desayuno, no me quitaba la acidez del estómago por completo y menos el dolor de cabeza, de cualquier forma, esos herboleros sabían lo que hacían, de lo contrario terminaban siendo parte del desayuno de esas aves carroñeras, para momentos después en horas tempranas de la tarde la resaca había desaparecido, pero la tendría que volver a tomar a la mañana siguiente sino me detenían con los licores o vinos que terminaban lubricando mi garganta.

Mohan Din salió igual que yo de entre los brazos de varias mujeres, ambos reímos por que éramos imparables, las aguas tibias nos relajaron los músculos al sumergirnos en un baño de placer, mientras nos tallaban el cuerpo, nos daban uvas y degustábamos comida ligera, platicámos de lo que me había propuesto el día de su llegada, **"si, dalo por hecho"**, dijo.

No sabía porqué él era el único que me consideraba como amigo?, mi relación con el era buena, pero no al grado de ser muy amigo, no al menos amigo cercano, menos un hermano, como nos solíamos decir.

Sabía que Alauhe tenía un gran ejército terrestre, pero marítimo no, de hecho, Mohan Din tenía la flotilla más grande de barcos, sus navíos eran tan grandes y poderosos, sus altos mástiles con la bandera se veían a lo lejos, sus cascos eran de acero puro, rompían rocas, arrecifes y témpanos de hielo, los millares de soldados que viajaban por los mares conquistando ciudades eran sin duda la más desafiante plaga humana.

"Quiero al menos 100 barcos rumbo a Jussian", le propuse a Mohan Din. **"Esta bien, en 75 llevarás 1000 hombres y en 25 solo los necesarios para que naveguen el barco y rescaten a tu ejército"**, me respondió.

Se dirigió a mi dándome un fuerte abrazo, salió de mi salón para tener todo preparado al día siguiente, día de la revancha, día de volver a tener al ejército completo, día de conquista, de sangre, de favor de los dioses, día de hacerme de las dos cosas que podrían traerme fama, riquezas, poder y gloria, día de hacerme de las dos cosas que podrían traerme fama, riquezas, poder y gloria, uno: la espada de Fleir y dos: la reina Elica.

Deyor se encargó de tener todo listo para nuestra promesa de reivindicación, el ejército, la seguridad del castillo, cerrar las puertas de los cuartos con tesoros, las armas, los caballos, los soldados, las provisiones, las medicinas para nuestros heridos y los guías especiales enviados por el Sultán que nos llevarían por las aguas a Jussian.

"Me voy a descansar", le dije a Deyor, **"por supuesto, mi rey"**, me respondió.

Entre a mi harén, la chica del cabello rizado se encontraba ahí, no recordaba nada de lo que sucedió entre nosotros hace unas noches atrás, me miró con esos hermosos ojos, más el semblante era de estupor, de miedo al verme ahí cerca de ella, **"relájate, mañana tengo una misión importante, necesito descansar"**, le comenté con un horrible dolor de cabeza, su rostro cambio de incertidumbre a la de alivio, fue tan obvio, **"pero después de mi victoria, celebraré con tus encantos nuevamente, por ahora solo dame un masaje para relajarme y dormirme tranquilo"**.

"Si, mi rey", respondió trayendo de una mesa al costado del cuarto, aceites y perfumes que me agradaban, en realidad lo único que deseaba en ese mismo momento, pensando si fuese el último momento de mi vida, era sentir las manos suaves de una hermosa mujer.

continuará...

Próximo Libro

El

Leon

Del

Rey

II

POR:

JUAN ALBERTO MATEHUALA CORTES